나는 좋아하는 일 하면서 먹고 산다

사진에 미친놈, 신미식

비전과리더십

사진에 미친놈, 신미식

지은이 | 신미식

펴낸곳 | 비전과리더십
등록번호 | 제1999 - 000032호
주소 | 서울시 용산구 서빙고로 65길 38

출판부 | 2078 - 3331   e-mail | tpress@duranno.com
영업부 | 2078 - 3352
초판 발행 | 2010. 11. 11
3쇄 발행 | 2017. 6. 29.

ISBN 978-89-90984-79-1   03810

비전과리더십은 두란노서원의 일반서 브랜드입니다.

나는 좋아하는 일 하면서 먹고 산다

사진에 미친놈, 신미식

신미식 · 글

비전과 리더십

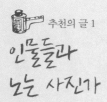

인물들과
노는 사진가

사진작가 신미식의 이름을 처음 알게 된 것이 언제였는지에 대해선 뚜렷한 기억이 없다. 그가 냈던 책과 책 표지사진을 이따금 반추하고 있었을 뿐이다. 나는 숫자와 이름과 지리에 약하고 부지런하지 못해서 한 번 본 책이든 영화든 사람에 대한 구체적인 팩트를 머릿속에 간직하고 있는 편이 아니다. 뭘 접하든 그 대상을 이미지화시켜서 뇌리 어딘가에 구겨 넣어두었다가 나중에 그 대상과 마주치게 되면 주섬주섬 기억의 편린들을 끄집어내 조각 맞추기를 한다. 그렇게 인터뷰해서 기사를 쓰기도 한다(물론 메모와 사진을 참고한다).

내가 다니는 신문사에서 가까운 거리인 효창공원 정문 인근에 '마다가스카르'라는 카페가 있다. 이게 언제 생긴 것인지도 자세히 모른다. 효창공원에서 전철역으로 가는 길에 해장국집이 있어서 여러 차례 지나곤 했다. 해장국집을 찾아가는 날, 나의 상태는 심신이 몽롱한 편이었다. 그래서 마다가스카르 카페를 몇 번이나 지나다녔고 심지어 거기서 커피를 마시기도 했지만 카페와 신미식의 이미지를 한 묶음으로 연결시키려는 시도를 해본 적도 없는 것 같다.

  1년 전 신문사에서 사진 워크숍을 처음 기획하면서 강사를 찾으려고 아는 사진가들의 이름을 주섬주섬 정리하기 시작했다. 사진과 언행이 일치되는 사람을 찾고 싶었다. 그때 누군가 나에게 신미식이란 이름을 이야기했다. 신 작가의 말처럼 "바쁘지도 않고 만만하기 때문에" 신미식 작가를 섭외한 것은 아니다. 아닌 것 같다.

  전화번호를 알아냈고 통화를 했다. 내가 걸었는지 그가 걸었는지도 기억이 나지 않는다. 다만 첫 통화의 내용만 영화나 사진의 한 장면처럼 떠오른다. 대화가 뚝뚝 끊어졌다.

  다음 날 카페에서 그를 만났다. 용건을 숨기고 에둘러서 말을 하는 것을 싫어하는 성격이라서 인사만 하고 바로 본론으로 들어갔다. 워크숍의 강사로 와주시라고 부탁했다.

  신 작가도 그랬다. 별로 사양하지도 않고 그렇다고 권위를 부리지도 않으면서 "하겠다"고 했다. 뉴칼레도니아를 시작으로 2010년 10월에는 호주까지 네 차례의 워크숍을 같이 했다. 그래서 주로 워크숍을 둘러싼 상황을 중심으로, 여전히 체계적이진 않지만 신미식 작가에 대한 기억정보가 많이 추가되었다.

언행과 사진이 일치하는 사진가

신 작가와 신 작가의 사진은 이렇다. 성실해 보이지 않지만 성실하다. 워크숍 참가자들이 뭘 물어보면 건성으로 답하는 것 같아 보이지만 꼭 상대해준다. "사진 같은 것을 굳이 배우려고 들지 마세요."라고 하면서 새벽이 올 때까지 참가자들과 사진이야기를 나눈다. 빛나는 일도 적극하려고 들지만 남들이 꺼리는 일도 투덜거리는 척 하면서 꼭꼭 한다. 사진가들을 여럿 만나다 보니 그러기도 참 힘들다는 것을 알게 되었다.

신 작가의 사진은 감성적이다. 그래서 진지하지 않게 보이기 쉽지만 그런 사진을 십수 년 계속 이어온다는 것은 굉장히 어렵다. 그러다 보니 그의 작업은 누구보다 더 진지하다. 꽃이나 풍경은 카메라를 거부하지도 화를 내지도 않는다. 신 작가의 아프리카 사진들은 인물이 대부분이다. 그 인물사진 중 어떤 것도 카메라와 교감하지 않는 것이 없다. 사진에 찍힌 사람이나 사진을 보는 사람, 그 누구도 불편해하지 않는다. 사진을 찍기 위해서 찍은 사진이 아니라 인물들과 대화하고 놀다가 찍은(찍힌) 사진들이다.

신 작가는 언행과 사진이 어느 정도 일치하는 사람이다. 사진가들은 누구나 변한다. 신 작가가 찍는 사진도 조금씩 변하기 시작한 것 같다. 그동안 많은 팬들에게 감동을 준 신 작가는 이제 누르는 셔터마다 감동을 주는 경지에 올랐다. 그전에 그는 "감동이 오기 전에는 셔터를 누르지 마라."고 했다. 그러더니 요즘은 "찍고 나니 감동이 오더라."고 한다. 감동을 전해주기 위해 안간힘을 써왔는데 이제 사진 찍기가 어느 정도 편해졌다는 뜻이다. 그럴 만도 하다.

이제 그의 자전적인 에세이집 『사진에 미친놈, 신미식』과 만나게 되었다. 미리 원고를 받아 읽었다. 그가 사람들에게 해온 이야기도 토씨 하나 틀리지 않고 그대로 실려 있다. 그는 그가 말하는 그 사람이다.

곽윤섭

한겨레신문 스페셜콘텐츠팀 사진전문기자, 『이제는 테마다』 저자

7

목숨 걸고 화재현장 사진을 찍을 때 알아봤지……

내가 신미식 작가를 처음 만난 곳은 두란노서원 출판사다. 월간지 『빛과소금』에 내가 찍은 사진을 열두 페이지씩 원색 화보로 게재했는데 당시 신미식 작가는 사진을 골라 레이아웃을 잡는 편집디자이너였다.

신미식 작가는 정식으로 사진 수업을 받아본 적이 없다. 매달 내 사진을 보면서 사진에 대한 생각이 바뀌었고 자신도 사진을 찍고 싶다는 마음을 갖게 됐다고 한다. 그 후로 20년 가까이 흐른 지금, 그는 이제 15회 이상 개인 전시회를 열었고 스무 권 가까이의 책을 출간한 그야말로 잘나가는 사진가로 우뚝 서 있다.

나는 신미식 작가를 볼 때마다 늘 미안하고 송구한 마음이 든다. 그 당시 사진을 어떻게 찍는 것인지 한번도 가르쳐 준 적이 없고 그가 인화한 사진을 가져오면 아무 말 않고 보는 듯 마는 듯 무관심했기 때문이다. 그렇지만 그가 두란노서원을 떠나 본격적인 사진작가로서의 길을 걷게 됐을 때 그는 분명 '큰 일'을 낼 사람으로 생각했다.

그의 열정과 무모한 도전은 예나 지금이나 변함이 없다. 언젠가 조간

신문에서 신미식 작가가 찍어서 제공한 화재 현장 사진을 본 적이 있다. 목숨을 걸고 화재 현장을 찍은 것을 보고 그가 얼마나 피나는 노력을 하는 부지런한 사진가인지 알 수 있었다.

『사진에 미친놈, 신미식』은 그의 여느 포토에세이들과는 달리 사진작가가 되기까지의 숱한 고난과 어려움을 여과 없이 담고 있다. 가난한 집 13남매의 막내로 태어나 늘 궁핍한 삶을 살았지만 그는 도전을 멈추지 않고 타고난 감성과 따뜻한 심성으로 지금의 자리에 이르게 되었다.

희망과 비전이 없다면 살아갈 이유도 없다고 생각한다. 고난과 시련 가운데에도 하나님의 꿈과 비전을 잃지 않았던 요셉처럼 우리도 어떤 환경과 역경에도 굴하지 않고 단 한번 뿐인 인생을 살았으면 좋겠다.

사진을 좋아하고 사진작가가 되고 싶은 사람들에게 일독을 권한다. 현재 아무런 조건이 갖추어지지 않았더라도 꿈을 이루는 데 방해가 되지 않음을 신미식 작가의 삶이 말해준다.

이남수_두란노서원 사진부 부장

9

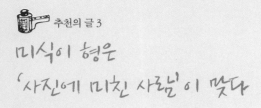

미식이 형은
'사진에 미친 사람'이 맞다

　추천의 글을 써달라는 형의 부탁을 받고 처음에는 당황했다. "사진작가도 아니고 글을 잘 쓰는 문학인도 아닌데 내가 이런 글을 쓸 수 있을까? 혹여 누가 되지는 않을까?" 하며 염려스러웠기 때문이다. 출판사에서 "신미식 작가님을 옆에서 항상 지켜봐 왔던 각별한 사람이 있는 그대로를 적어준다면 소중한 글이 될 것이다." 라고 한 말에 용기를 얻었다.

　미식이 형과의 첫 만남은 형이 쓴 책 속의 글을 통해서다. 나는 미식이 형이 쓴 글인지 모르고 첫 만남에서 "이 글 누가 쓴 거죠?"라고 물었다. 미식이 형은 웃으며 "내가 썼는데요."라고 말했다. 나는 "정말요?" 하며 반문했다. 내 앞에 앉아 있는 사진작가 신미식의 모습에서 그런 글이 나왔다니 믿기지가 않았다. 그 글은 죽음의 문턱을 드나들지 않은 사람은 쓸 수 없는 내면의 진솔함이 가득했기 때문이다.

　그동안 미식이 형이 출간한 책들을 통해 형에 대한 수많은 수식어가 생겼다. '마다가스카르', '아프리카 전문 사진작가', '여행사진 작가', '감동을 주는 사진가'라는 수식어와 함께 '뜨거운 열정', '가슴으로 사진을 찍는 사람', '한번 여행을 떠나면 마치 돌아오지 않을 것 같은 사람'…….

그런데 『사진에 미친놈, 신미식』을 읽으면서 나는 신선한 충격을 받았고 날을 꼬박 새어 읽고 또 읽었다. '왜'였을까? 차마 입에 담기 두려워 감추었던 자신의 이야기들을 솔직하고 거침없이 기록했기 때문이다. 예전의 사진 에세이에서는 들을 수 없었던 다양한 스토리를 통해 미식이 형이 사진에 미친 이유를 말해주고 있었다.

미식이 형과 오랫동안 알고 지냈지만 이 책을 통해 형에 대한 깊은 이해가 생겼다. 대중에게 유머와 재치와 웃음으로 여행과 사진에 대해 강의하지만, 지금도 겨울이면 추위가 너무 두렵고 몸서리가 처져서 몸을 움츠리게 된다는 그의 말을 이해할 수 있게 된 것이다.

미식이 형이 어렵고 힘들었던 밑바닥 이야기를 꾸밈없이 오픈한 것은 자신감 때문이 아니라, 사진을 사랑하고 좋아하는 사람들에게 "좌절하지 말고 신념을 향한 열정을 버리지 마라."는 메시지를 전달하기 위함인 것 같다. 또한 사진작가의 입장에서 사진의 주인은 '작가'가 아니라 '대중'이라고 말하면서 사진을 사랑하는 사람들에게 사진가로서의 정체성을 명확히 알려주고 있다. 부끄러운 자신의 치부를 다 드러내기까지 힘든 결정을 한 미식이 형에게 찬사를 보낸다.

나를 비롯한 몇몇 동생들은 사진작가 '신미식'이 '사진작가'라기보다 '사람을 그리워하며 진정 사람을 사랑할 줄 아는 사람'이라는 점에 더 큰 의미를 두고 있다. 그의 사진 찍기는 각박해지는 세상에서 변질되고 사라져 가는 인간애를 찾아 담아내는 것이라고 말하고 싶다. 어쩌면 그의 삶을 통해서 그토록 갈망했던 사랑과 나눔과 행복의 완성을 좇아 세계 도처에서 담아내고 있는 것이 아닐까? 그렇기에 그가 찍은 사진들은 가슴을 찍을 수밖에 없고, 단순해 보이는 한 장 한 장의 사진들이 삶의 염원이며 소망이며 사진을 통해 외치고 싶은 간절함이 아니었을까?

내가 알고 있는 미식이 형은 '사진에 미친 사람'이 맞다. 이 책을 통해 많은 사람들이 신미식이 왜 사진에 미치게 되었는지, 그리고 사진으로 무엇을 말하고 싶어 하는지를 알았으면 좋겠다.

박윤수
미식 형을 사랑하는 동생들을 대표하여

Contents

Shin Mi Sik

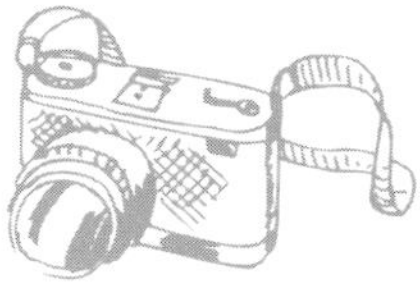

02 가.난.이. 내. 무.기.였.다.

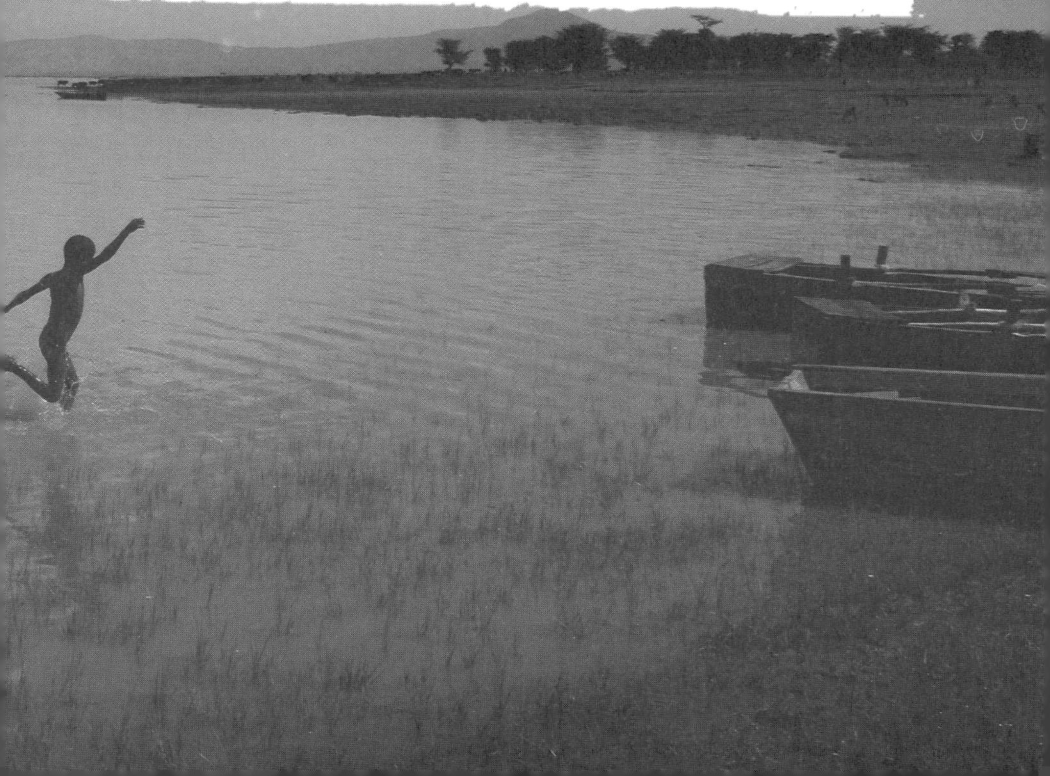

03 사.진.으.로. 이.룬. 꿈.

04 사.진.을. 준.비.하.는. 사.람.들.에.게.
들.려.주.고. 싶.은. 이.야.기.

"사진작가가 된 것을
후회해 본 적이 있나요?"

　사람을 만나고 아름다운 풍광을 만나고 때로는 한없이 외로운 길을 온종일 걸어야 했던 적도 있다. 그 길 위에서 나는 카메라 셔터를 누르고 카메라에 담긴 사진들을 가슴으로 저장하는 법을 배웠다. 아무도 알려 주지 않았던 사진작가로서의 삶은 때론 고단하고 고독했지만 지금 생각해보면 가장 현명한 선택이었다.

　누군가 나에게 이런 질문을 했다.

　"사진작가가 된 것을 후회해 본 적이 한 번도 없었나요?"

　그럴 때마다 나는 이렇게 대답했다.

　"내겐 사진가로 사는 삶이 가장 잘 어울립니다. 내가 가장 좋아하고 잘하는 일이 바로 사진을 찍는 일입니다."

　내 사진이 훌륭하다고 말할 수는 없다. 그러나 내가 찍은 사진들에는 '진정성이 담겨있다'고 말할 수는 있다. 한 장의 사진을 위해 나는 스스로 가슴을 여는 법을 배웠다. 아무도 알려주지 않은 나만의 방법으로 사진을 찍고 세상에 선보였다. 그렇게 담겨진 사진들은 분명 새로운 감동을 준다.

물질의 풍요를 위해 사진가의 길을 선택한 것은 아니다. 그렇기에 가난한 사진가의 길을 후회하지 않았다. 이제는 사진을 하기 위해 버려야 했던 것들을 돌아볼 수 있을만큼 조금 여유로운 시간을 보내고 있다.

카메라는 나에게 액세서리가 아니고 몸의 일부이다. 손과 발처럼, 눈과 심장처럼 몸의 일부가 되었다. 『사진에 미친놈, 신미식』은 그렇게 나와 하나가 된 카메라를 들고 걸어 온 여정을 담고 있다. 한 번도 뒤돌아보지 않고 길을 걸어왔던 것처럼 앞으로도 난 길 위에서 호흡하고 길 위에서 만난 모든 것들을 사랑할 것이다.

혹시라도 이 책이 사진가의 길을 가려는, 또는 사진을 시작하려는 사람들에게 부담을 주는 것은 아닌지 걱정스럽기도 하다. 이제는 환경이 변했으면 좋겠다. 사진을 하면서 살아가는 것이 그렇게 척박하지만은 않다고 얘기할 수 있는 날을 기대해 본다.

끝으로 지금까지 보살펴 주신 천국에 계신 부모님과 끝까지 포기하지 않으시는 하나님께 이 책을 바친다.

청파동에서 신미식

내.가. 사.진.작.가.가. 될. 줄.이.야!

"가슴이 뭉클했어요."

"눈물이 울컥 솟아나며 마음의 힘을 얻었습니다."

"이것이 바로 사진의 힘이란 걸 깨달았어요."

"사진을 보고 제가 살아야 할 이유를 찾았어요."

대학시절, 카메라가 없어서
사진수업이 싫었다

대학에서 응용미술을 전공했던 나는 한 학기 동안 사진과목을 들어야 했다.

카메라가 없는 내게는 고통의 시간이었다.

마음을 움직이는 사진 한 장

아침 8시, 머리맡의 휴대폰이 울렸다.

전시회 준비로 밤을 새워 작업하다 새벽녘에 잠이 든 탓에 전화를 받는

나의 목소리에는 피곤과 덜 깬 잠이 묻어 있었다.

"여보세요."

"저는 ○○지원의 부장판사 ○○○입니다."

'부장판사?'

부장판사라는 말을 듣는 순간 가슴이 덜컥 내려앉으며 단박에 잠이

달아나버렸다.

'내가 뭘 잘못했지?'

머릿속에서는 그간의 온갖 일들이 필름처럼 재빠르게 스쳐 지나갔다.

부장판사가 이른 시간에 직접 전화를 한 걸 보면 분명 보통 일은 아닌

모양이었다.

'누가 나를 고소했나?'

짧은 시간 동안 나는 지난 삶을 헤집고 있었다. 심지어 15년 전 주차위반

딱지를 무시하고 버렸던 일까지…….

기억이 바닥이 날 무렵 그가 말을 이었다.

"저는 신미식 작가님의 사진을 좋아하는 팬입니다."

'휴우~ 아닌가?'

내 사진과 글을 통해 많은 감동을 받았다는 그분은 다른 사람들에게
나의 작품을 소개해주고 싶다며 부천지원에 와서 강의를 해달라고
부탁했다.

'처음부터 팬이라고 말하면 될 걸 부장판사라고 해서 새벽부터 사람을
혼비백산하게 만들다니……'

전화를 끊고 잠시 투덜거렸지만 한편으론, 내 사진이 이성적이고
냉정한 직업인 판사의 마음을 움직였다는 사실에 놀랐다.

가장 낮게 살아온 내가 엘리트 앞에서 강의할 수 있는 것은 잘나서가
아니라 '사진의 힘' 때문이었다. 그들의 마음을 움직인 것은
나의 말 한마디가 아닌, 바로 사진 한 장이었다.

"가슴이 뭉클했어요."

"눈물이 울컥 솟으며 마음의 힘을 얻었습니다."

"이것이 바로 사진의 힘이란 걸 깨달았어요."

"사진을 보고 제가 살아야 할 이유를 찾았어요."

사람들은 사진 한 장에서 감동을 받고 힘과 위로를 얻는다.

사진이 힘들고 아픈 사람에게 치료제가 될 수 있다는 사실을 일깨워준

것은 바로 독자들이었다. 많은 사람들에게서 내 사진을 통해 위로 받고 희망을 찾았으며, 사는 의미를 알게 됐다는 고백을 들을 때마다 나는 사진의 의미를 다시 한번 깊이 생각하게 된다.

한때는 사는 게 너무 힘들어서 삶을 포기하고 싶을 때도 있었다.

'어떻게 하면 편하게 죽을 수 있을까?'

'강물에 빠져 죽을까?'

2년 동안 거의 매일 잠자리에 들기 전에 손으로 내 목을 조여 보았다. 아무것도 보이지 않는 칠흑같이 어두운 긴 터널에 혼자 덩그러니 놓여 있었다. 하지만 지금은 다르다.

나는 지금 무척 행복하다. 만약 내가 사진작가가 되지 않고 지금까지 출판사에서 디자인 일을 하고 있었다면 진작 쫓겨났거나, 아니면 불행하다는 생각에 고통스러워하면서 하루하루를 버텼을 것이다. 그러나 이제 나는 하루하루를 새롭게 디자인해 간다. 이렇게 살아갈 수 있는 내가 너무나 좋다.

시도 때도 없이 발동한 나의 여행 끼

나이 서른에 처음 장만한 카메라 한 대와 단돈 19만 원으로 파리의 공중전화 박스에서 첫날밤을 지새우면서 나의 여행은 시작되었다.

그때까지만 해도 사진작가라는 직업을 갖게 될 줄은 꿈에도 생각하지
못했다. 단지 사진을 마음껏 찍을 수 있는 사람은 얼마나 좋을까 하는
부러움만 있었다. 그러던 내가 직업 사진가가 되었다. 그것도 가장
동경하던 '여행(다큐멘터리) 사진가'로 살아가고 있다.

오래전부터 나는 여행을 좋아했다. 고등학교 때 친한 친구가
철도고등학교에 다녔는데 이 학교의 학생은 기차를 무료로 탈 수
있었다. 나는 친구 교복을 빌려 입고, 친구는 내 뒤에서 학생증을 보이며
유유히 기차를 타고 전국을 돌아다녔다.
무료기차와 더불어 내가 마음대로 여행을 다닐 수 있었던 것은 집안의
무관심 때문이기도 했다. 나는 13남매의 막내다. 형제가 너무 많다 보니
집에서는 내가 있는 듯 없는 듯한 존재였다. 그래서 열흘씩 집을 비워도
"어제는 어디 갔었니?" 한마디면 끝이었다. 집안의 무관심은 내가
여행을 마음대로 할 수 있었던 큰 요인이었다.
그때부터 시작된 여행 끼는 이후 시도 때도 없이 발동해 직장생활을
할 때도 틈만 나면 휴가를 내서 여행을 다녀오곤 했다. 여행을 하다 보니
그곳에서 만난 사람과 헤어져 돌아오는 게 아쉬웠고 그래서 사진을
찍기 시작했다. 사진은 여행을 더욱 빛나게 했다. 좋은 사진이 있으면
같이 나누고 싶었고 그것이 다른 사람들과 공감대를 형성했다.
나는 남들보다 사진을 잘 찍는 사람이 아니다. 내가 찍는 사진이 잘 된

것인지 아닌지조차 몰랐다. 그래서 남들보다 더 많은 시간을 걸었고
더 많은 곳을 찍었다. 내가 처음부터 사진을 전공했더라면 이런 애정이
없었을 것이다. 처음엔 사진에 관심도 없었을 뿐만 아니라 특히 대학교
다닐 때는 사진수업이 가장 싫었다. 그 시간만 되면 어디론가 도망가고
싶었다.

'대체 이걸 왜 배워야 하지?'

나는 대학에서 응용미술을 전공했는데 한 학기 동안 사진과목을 들어야
했다. 카메라가 없는 내게는 고통의 시간이었다.

당시 카메라는 고가품이라 누가 선뜻 빌려주지도 않았다. 이 집 저 집
카메라를 빌리러 다니며 아쉬운 소리를 하는 게 너무 싫었다.

그래서 사진수업만 돌아오면 오늘은 또 누구에게 카메라를 빌려야 하나
괴로웠다. 아쉬운 소리도 한두 번이지 구차스러웠고 자존심도 상했다.

그러다 보니 사진이 싫어졌고 결국 사진과목에서 F학점을 받았다.

사진은 가르쳐주는 게 아니라 보고 느끼는 것

내가 사진에 대한 생각을 완전히 바꾸게 된 것은 두란노출판사에서
발행하는 월간지 『빛과소금』의 편집디자인 일을 하면서부터였다.
매월 잡지에 사진부 이남수 부장님의 사진을 12쪽씩 화보로 실었는데

그분이 찍은 사진을 보면서 사진에 대한 생각이 완전히 바뀌었다.
부장님은 내가 미처 생각하지 못했던 소박한 소재를 대상으로 사진을
찍으셨다. 버려진 연탄재, 냇가의 돌다리, 구름 등 일상에서 쉽게 접할 수
있는 것들이었다.
'어, 이게 사진이야?'
'사진은 대단한 것을 찍는 것이 아니구나.'
결코 특별하지 않은, 주위에서 쉽게 접할 수 있는 소재였음에도
그분의 사진은 마음을 잡아끄는 힘이 있었다.
'사진 한 장이 이렇게 감동을 줄 수 있다니……'
농사짓는 부부의 사진에서 시골 부모님이 떠올랐고 평범한 아주머니의
뒷모습에서 어머니가 생각났다.
'이런 것도 사진이 되는거구나!'
일상을 담은 부장님의 사진을 보면서 '사진은 보고 느끼는 것'임을
자연스럽게 깨달았다. 나도 모르게 사진에 눈을 뜬 셈이다.
그때 부장님의 사진이 너무 어려운 것이었다면 나는 여전히 사진에
관심이 없는 채로 '사진의 맛'을 모르고 살았을지 모른다.
어느 때부턴가 마감일이 다가오면 부장님의 사진이 기다려졌다.
'이달엔 또 어떤 사진을 주실까?'
동시에 나도 사진을 찍고 싶은 마음이 서서히 싹트기 시작했다.
'아, 나도 이런 것을 찍어보고 싶다.'

특별한 것을 찍지 않아도 감동을 줄 수 있는 그런 사진을.

한 평 짜 리 책 상 만 바 라 볼 것 인 가 ?

사실 나는 두란노출판사에 들어가기 전에 대기업에서 일했다. 그러나
입사한 지 얼마 되지 않아 일이 나와 맞지 않는다는 생각이 들었다.
결국 몇 달 만에 사표를 냈다. 주위에서는 "그 좋은 직장을 왜
그만두느냐."며 나더러 미쳤다고 했다. 하지만 거기서 계속 일을
하다가는 내가 정말 미쳐버릴 것 같았다.
뭔가에 갇혀 있다는 느낌, 안 맞는다는 느낌이 나를 옥죄어 왔다.
나를 잃어버릴 것 같은 두려움, 일벌레가 될 것 같은 두려움이었다.
나는 안정적이기보다는 사람답게 살고 싶었다. 그래서 주위의 만류를
무릅쓰고 1989년에 대기업에서 두란노출판사로 직장을 옮겼다.
두란노출판사에 처음 출근했던 날의 감동을 지금도 잊을 수가 없다.
광고회사에서 일할 때는 툭 하면 책을 집어던졌고
"때려치워! 이 자식아." "야, 이리 와 봐!" 등 욕설과 거친 말투가
일상언어였는데 두란노출판사에서는 나를 부르는 호칭부터 달랐다.
"신미식 형제님, 이리 와보세요."
"이거 한번만 해주시겠어요?"

인격적인 대우와 존중하는 분위기가 내겐 오히려 충격이고 감동이었다.
뿐만 아니라 크리스천이었던 나는 회사에서 매주 예배와 찬양을 드리고
성경책을 읽는 것이 그렇게 좋을 수가 없었다. 직원들끼리 서로를
존중하며 따뜻하게 감싸주는 회사가 어찌나 좋은지 일을 마치고
퇴근시간이 되어도 집에 가기가 싫었다. 월급은 많지 않았지만 한 번도
월급이 적다는 생각이 들지 않았다.

이런 분위기의 회사가 좋긴 했지만 언제부턴가 다시 회의가 들기
시작했다. 한 평밖에 안 되는 책상만 바라보면서 평생을 살아야 하는
삶이 나를 슬프게 했다. 내가 하고 있는 일이 싫은 건 아니었지만
그것만으로는 행복하지 않을 것이란 두려움이었다. 그냥 그대로
지속되는, 어제와 오늘이 한결같은 그런 삶의 끝에는 행복이 존재하지
않을 것 같았다.

자유롭게 여행을 다니며 새로운 세계를 보고 싶다는 생각이 내 안에서
꿈틀거리기 시작했다.

'그래, 나도 사진을 찍어보자.'

3년간 밤새도록 했더니
인화에 도가 트였다

"자, 지금부터 내가 인화하는 법을 알려줄 테니 잘 봐요."
부장님은 필름과 현상액을 꺼내 인화하는 방법과 순서를 찬찬히 가르쳐주셨다

난 생 처 음   할 부 로   장 만 한   카 메 라

사진을 찍으려면 먼저 카메라가 필요했다. 큰맘 먹고 카메라를 사러
갔다. 니콘 FM2 카메라 53만 원짜리를 36개월 할부로 사서 집으로
돌아오던 날, 세상을 다 가진 듯 행복했다. 태어나서 처음 가져보는
카메라였다.

행복하고 감격스러웠다. 잠자리에 들 때도 카메라를 내려놓기 싫어서
어린애처럼 어깨에 감고 누웠다. 누워서도 카메라를 계속 쓰다듬고
어루만지다가 잠이 들었다. 같이 살던 친구가 나더러 '미친놈'이라고
할 정도였다. 하루는 내가 카메라를 멘 채 자면서도 계속 히죽히죽
웃더라는 것이다. 카메라를 얼마나 꼭 부둥켜안고 잤는지 아침에 거울을
보니 얼굴에 카메라 자국이 벌겋게 찍혀 있었다.

새로 장만한 카메라를 들고 이튿날부터 사진을 찍기 시작했다.
초보자들이 대개 그렇듯이 휴일이면 야외에 나가 꽃을 가장 많이
찍었다. 또 특별한 사진을 만들어보고 싶어서 빨간 필터, 무지개 필터,
아웃포커싱 필터 등을 사용해서 다양한 사진을 찍었다.

처음에는 그런 것들이 마냥 신기하고 재미있었다. 지금 생각해보면

얼마나 유치한 행동이었는지…….

다른 일도 다 그렇겠지만, 사진의 시작은 '따라 해보는 것'이다.
특히 잡지에 실린 사진은 가장 좋은 길잡이다. 먼저 잡지에 실린
연예인들의 인터뷰 사진을 보면서 나도 똑같이 흉내를 내기 시작했다.
인물사진을 찍을 때는 머리와 다리를 자르면 안 된다는 고정관념이
있었는데, 잡지 사진을 보고 꼭 그렇지 않다는 것을 알았다.
구도를 잡는 것도 잡지를 보면서 연습했다. 또 텔레비전과 영화를
보면서도 구도를 공부했다.
'아, 사람 한 명을 찍을 때는 저렇게 찍어야 하는구나.'
그러면서 텔레비전과 카메라 프레임 구도가 가장 비슷하다는 것을
발견했다. 또한 텔레비전이나 영화는 화면에 많은 것을 보여줄 수
있지만 반면에 사진처럼 세로로 보여줄 수는 없다는 것도 깨달았다.
세로는 사진만이 보여줄 수 있는 구도였다.
'사진이 영화나 텔레비전보다 구도가 훨씬 자유롭구나.'
인물사진은 주로 여자친구를 찍으며 연습했다. 연예인 사진을 보고
스크랩해 두다가 나중에 그와 비슷한 풍경이 있는 곳으로 여자친구를
데려가서 그대로 따라 찍었다. 나중에는 그것도 한계가 있어서
답답했다. 좀 더 다양하고 평범한 사람들의 모습을 찍고 싶었지만
용기가 없었다.
그러던 어느 날 담력을 쌓기 위해 무작정 명동거리로 나갔다.

막상 나서긴 했지만 선뜻 용기가 나질 않아 몇 시간 동안은 길 가는 사람만 우두커니 쳐다보고 있었다. 그러다가 안 되겠다 싶어 불끈 용기를 내어 지나가는 젊은 여성 앞에 정면으로 가서 사진을 찍었다.

"어머, 왜 찍으세요?"

나의 돌발적인 행동에 상대방이 깜짝 놀라 물었다.

"죄송합니다. 제가 사진을 공부하는데 너무 예뻐서 찍었어요."

무척 떨렸지만 수없이 속으로 연습했던 말을 소리 내어 응수했다.

'예쁘다'는 말에 더 이상 따지지 않고 그냥 지나갔다. 이렇게 한번 해보니 자신감이 생겼다. 이후 다른 사람들의 사진도 자연스럽게 찍을 수 있는 용기가 생겼다. 교회 앞 화단, 강변 고수부지에서 휴식을 취하는 사람들, 직원들, 모든 것이 나의 실습 대상이었다.

사진관 아저씨의 칭찬으로 무작정 신이 나다

두란노서원 근처인 동부이촌동에 작은 사진관이 있었다. 나는 사진을 찍으면 필름을 꺼내들고 그곳으로 달려갔다. 사진관 아저씨는 내 사진을 볼 때마다 칭찬을 해주셨다.

"아이고, 많이 좋아졌네."

"와아, 신미식 씨 사진 잘 찍는데!"

아저씨의 칭찬을 들으면 어린아이처럼 마냥 기분이 좋아졌다.
칭찬을 들으려고 더 자주 사진관에 갔다. 사진을 인화하러 갈 때가
가장 행복했다. 지금 생각하면 그때는 아저씨가 내게 가장 큰
스승이었던 것 같다. 사진작가라는 타이틀이 너무 멋있어 보였다.
'한국사진작가 용산지부 회원'
사진관 벽 한가운데에 걸려 있는, 사진작가협회에서 인정해준
'사진작가' 증서가 그렇게 멋있고 근사해 보일 수 없었다. 그래서 그분의
말 한마디 한마디가 내게는 곧 법이었다. 아는 사진작가라고는
단 한 명도 없었던 나는 아저씨의 칭찬으로 무작정 신이 났다.
당시만 해도 사진작가라고는 김중만 씨나 상업 사진작가 외에는 알려진
사람이 거의 없을 때였다.
사진관 아저씨는 내가 야외에서 찍은 사진을 사진관 쇼윈도에 걸어놓고
계속 격려해주었다. 아저씨의 칭찬은 내게 큰 힘이 되었고 사진을
열심히 할 수 있는 동기가 되었다.
사진관에 사진을 맡기고 회사로 돌아오면 일이 손에 잡히지 않았다.
인화하는 데 걸리는 45분이란 시간이 어찌나 긴지 어떤 날은 참다못해
25분 만에 사진관으로 달려가기도 했다. 내가 찍은 사진들이 마치
가래떡을 뽑는 것처럼 인화기에서 줄줄이 나오는 것을 보면 가슴이
마구 울렁거렸다. 그렇게 막 인화된 사진을 손에 쥘 때의 행복감은
이루 말할 수 없었다.

좋은 사진이 나오면 주위 사람들에게 보여주고 자랑하면서 선물로
주었다. 나비가 꽃에 앉은 사진을 나눠주곤 했다.

"야~ 사진 잘 찍는데!"

"너무 예쁘네요."

그때는 예쁜 사진이 잘 찍는 사진이라고 생각했다. 결혼식 사진도 많이
찍었는데, 직원들 결혼식이 있으면 자청해서 찍어 주었다.

사진을 찍는 것도 좋았지만 인화해서 선물로 줄 수 있다는 것이 더
좋았다. 내가 찍어준 사진을 받고 기뻐하는 사람들의 모습을 보면 나도
행복했다. 그러나 내 월급으로 필름값을 감당하기란 버거운 일이었다.
돈이 없어서 필름을 살 수 없을 때는 그냥 빈 카메라만 들고 셔터를
누르면서 사진을 찍었다.

'잠돌이'였던 내가 변하다

그렇게 사진을 찍기 시작한 지 2년 정도 되자 이제는 직접 인화를
해보고 싶었다. 사진의 맛을 어느 정도 알게 되면서부터 흑백사진이
멋있어 보이기 시작했다. 하지만 컬러보다 흑백 필름이 비싼데다
인화비용까지 훨씬 비싸서 쉽게 찍을 수가 없었다. 그러던 어느 날
사진부의 이 부장님이 다른 직원들 몰래 나를 살짝 불러냈다.

"신미식 형제, 잠깐 나 좀 따라와 봐요."
다른 사람들이 눈치 채지 못하도록 부장님이 나를 데려간 곳은
암실이었다.
"자, 지금부터 내가 인화하는 법을 알려줄 테니 잘 봐요."
부장님은 필름과 현상액을 꺼내 인화하는 방법과 순서를 찬찬히
가르쳐주셨다. 나는 인화하는 방법을 배우는 것보다 부장님이 내게 직접
인화방법을 가르쳐주고 있다는 사실에 더 놀라고 감동했다.
부장님은 원래 말이 없는 분인데다 사진에 대해 누구에게 알려주거나
가르쳐주는 분이 절대 아니었다. 그런 부장님이 직접 나를 암실로
데리고 가서 인화방법을 가르쳐주신 것이다. 내가 워낙 사진을 좋아하고
열정을 보이자 특별히 가르쳐주신 것 같았다. 그렇게 인화하는 방법을
배웠지만 암실은 관계자 외에는 출입할 수 없는 곳이어서 직접 인화를
해볼 수는 없었다.
'무슨 방법이 없을까?'
수없이 고민하다 철물점에 가서 만능키를 만들었다. 그리고 다른
사람들이 모두 퇴근하기를 기다렸다가 밤 9시쯤 다시 사무실로 가서
몰래 암실문을 따고 들어가 밤새 인화작업을 했다.
밤 11시면 회사 현관 셔터를 모두 내리기 때문에 꼼짝없이 암실에 갇혀
있을 수밖에 없었다. 밤 10시부터 새벽 4시까지 약 40장 정도를
인화할 수 있었다. 새벽 4시부터 사진을 사무실 넓은 책상에 깔고

말리기 시작해서 6시쯤에는 사진을 다 걷은 후 뒷정리를 깔끔히 했다.
아무런 흔적도 남기지 않기 위해 치우고 또 확인한 뒤 암실을 나왔다.
이렇게 작업을 하다가 새벽 6시에 현관 셔터가 올라가면 그제야
사무실을 빠져나와 집에 들러 잠깐 눈을 붙인 후 출근하곤 했다.
암실에서 작업할 때는 독한 현상액 때문에 환풍기를 틀어놓아야 하는데
그것도 모르고 밤새 독한 약품 냄새를 맡으면서 작업했다.
얼굴이 점점 누렇게 떠가도, 독한 약품에 장갑도 끼지 않은 맨손을
담그면서도 행복했다. 별명이 '잠돌이'라 할 정도로 잠이 많던 내가
하루에 서너 시간만 자고 출근해도 힘든 줄 몰랐다. 아니, 힘들었지만
내가 좋아하는 일을 하니까 마냥 신이 나고 행복했다.
인화를 맡기는 것과 직접 해보는 것은 엄청난 차이가 있었다.
3년 가까이를 서너 시간밖에 못 자고 그렇게 하다 보니 자연히 인화에는
도가 틀 수 밖에 없었다. 인화를 직접 하면서 인화지의 특성도 알게
되었고 빛과 시간에 따라 사진의 밝기가 달라진다는 것도 깨달았다.
5초간 빛을 주어 어두우면 4초를 주고, 4초를 주어도 어두우면 3초를
주는 등 작은 것부터 하나하나 직접 깨달아가며 작업을 했다.
인화를 직접 하면서부터 사진을 더욱 깊이 알게 되었다. 회사 마감 때면
인화를 할 수 없었는데, 한창 인화에 재미를 붙였을 때는 그 며칠을
기다리느라 미칠 지경이었다.
그러던 어느 날 『생명의 삶』이라는 월간지 속에 내가 찍은 정물사진이

들어가기 시작했다. 사진을 본 사람들마다 놀라며 내게 물었다.

"아니, 신미식 씨가 언제 이렇게 사진을 찍었어?"

내가 혼자 인화하고 현상했던 것을 모르던 직원들은 다들 이렇게 물었다. 인생에서 과정 없이 절로 이루어지는 것은 없다.

되돌아보면 잠도 제대로 못 자고 누렇게 뜬 얼굴로 암실에서 밤을 지새우던 열정이, 그 시간들이 지금의 나를 만들었다.

'죽더라도 가자'
유서를 쓰고 떠난 유럽여행

단돈 19만 원을 들고 유럽 여행길에 올랐다.
제일 먼저 동경의 대상 그 이상이었던 파리에 도착했다.

서른셋에 처음 떠난 해외여행

두란노출판사에서 사진을 찍다 보니 어느 날 문득 카메라를 들고
해외여행을 떠나야겠다는 생각이 들었다.

1993년, 내 나이 서른셋이었다. 당시 내 형편은 여러모로 여행을 갈
상황이 아니었다. 내게는 여권도 없었다.

그러나 가고 싶은데 포기하는 것은 비겁한 일 같았다. 미루면 평생 못
갈 것 같았다.

떠나기로 결심을 하고 나니 가슴이 떨렸다. 나는 첫 여행지를 유럽으로
정했다. 당시 내게는 유럽이 동경의 대상이었다. 화려하고 유서 깊은
유적지, 문학과 미술, 건축 등 모든 예술의 중심지인 유럽이 텔레비전과
책에서 보여주는 것처럼 실제로 존재하는지, 그곳 사람들은 어떤
모습으로 살아가는지 내 눈으로 확인해보고 싶었다.

'세상을 보자. 이왕이면 카메라로.'

당시 회사는 주 5일 근무제였기에 연차휴가를 합해서 20일 휴가를 냈다.
회사에는 "마감에 차질 없이 하겠다."며 큰소리를 쳤다. 그러나 막상
떠나려고 하니 돌아올 자신이 없었다. 난생처음 해외로 나가는데다 혼자

무작정 떠나는 배낭여행인지라 무섭기도 했다. 비행기 티켓을 끊고 나니 수중에 19만 원이 전부였다. 더구나 외국어는 한마디도 할 줄 몰랐다. 남들이 알았으면 황당했을 것이다.

'죽더라도 가자!'

떠나기 전날 유서를 썼다. 친구에게 전화를 걸어서 내가 돌아오지 않으면 내 방 서랍에 있는 편지를 가족에게 전해달라고 했다.

파리의 공중전화 박스에서 밤을 새우다

단돈 19만 원을 들고 유럽 여행길에 올랐다. 제일 먼저 동경의 대상이었던 파리에 도착했다. 그런데 너무 무서워서 공항 대합실에서 꼼짝할 수가 없었다. 떠나기 전 주위 사람들에게서 외국에 나가면 아랍인을 조심하라는 주의를 가장 많이 들었는데, 공항에 도착하니 90퍼센트가 아랍인이었던 것이다. 두 시간가량 공항에 앉아 있다가 마음을 다잡고 밖으로 나왔다. 밖은 이미 어두워졌는데 아무리 돌아다녀도 숙소를 찾을 수가 없었다.

비는 주룩주룩 내리고 춥고 무섭고 배가 고팠다. 어디가 어디인지조차 알 수 없었다. 한참 거리를 헤매다 저만치 공중전화 박스가 보였다. 그나마 비를 피할 수 있는 곳은 그곳뿐이었다. 웅크리고 잠을 자려는데 몸이 절로 떨렸다. 10월 말이었기에 아무리 옷깃을 여며도 춥기만 했다.
한국에 있는 친구에게 전화를 걸었다.

"나, 프랑스 파리에 왔는데 숙소를 못 잡아서 공중전화 박스에서
자야 할 것 같아."

"뭐? 공중전화 박스라고?"

"그래."

"너 미쳤구나. 그 고생 하러 거기까지 갔어?"

친구는 기가 막혀 했다.

"네가 아는 것과 만지는 것은 하늘과 땅 차이야."

"……."

"그래도 이곳에 있을 수 있어서 행복해."

비록 공중전화 박스 안에서 밤을 새우느라 떨리고 무섭고 불안했지만,
한편으로 모험심과 호기심이 발동하면서 여행자라는 신분 자체에
뿌듯해졌다.

이튿날 노천카페에서 웨이터가 따라주는 커피 한 잔을 마시면서 비로소
유럽의 존재를 실감했다. 그리고 말도 통하지 않는 파리 주민들과
눈짓 발짓으로 이야기를 나누며 비로소 깨달았다.

'아, 내가 다른 세상에 와 있구나.'

굳이 에펠탑에 가지 않아도 파리의 이름 없는 카페에서 정말 맛있는

카푸치노 한 잔을 먹어보는 것이 내게는 곧 여행이었다. 여행이란 내가 사는 곳이 아닌 곳에서 다른 사람들과 소통하는 것에서부터 시작된다고 생각한다. 난생처음 외국에서 외국어로 주문해보는 커피 한 잔에는 엄청난 의미가 있었다.

내 눈에는 루브르박물관보다 그 밖의 건축물들이 더 아름다웠고, 루브르박물관 근처에서 휴식을 취하는 다양한 모습의 사람들을 구경하는 것이 더 즐거웠다. 화려한 건축물보다 한 잔의 커피와 내가 만난 사람들이 더 의미 있었다.

진정한 여행은 유명 관광지를 보는 것보다 그들의 일상으로 잠시 들어가 보는 것이다. 그래서 내게는 파리의 버스를 타보고 파리의 전철을 타보는 것이 더 중요했다.

파리의 좁은 지하철역에서 거리의 악사들이 바이올린을 연주하는 것을 감상하는 것이 또한 여행이라고 생각했다.

그간 파리에 다섯 번 갔지만 루브르박물관이나 미술관에는 한 번도 가지 않았다. 모나리자의 미소가 내가 거리에서 만난 사람들의 미소보다 더 감동적일 거라는 생각이 들지 않았다.

나는 공원에서 일반 시민들이 살아가는 모습을 보는 것만으로도 충분히 즐거웠다. 그들의 일상적인 삶의 모습이 무척 부러웠다. 아니, 어쩌면 그들의 삶에 잠시라도 자연스럽게 동화되고 싶은 욕심이 있었을지도 모른다. 그들 옆에 앉아 그들처럼 책을 읽고, 알아들을 수는 없지만

그들의 대화를 들으며, 그들이 바라보는 것을 함께 즐기는 미묘한
순간들이 여행의 즐거움이었다.

마치 유적 속을 거니는 것 같은 거리 풍경, 고전과 현대가 어루러진
디자인, 친절한 미소와 부드럽고 달콤한 억양, 열여덟 장의 시트를
이어붙여 벽면 하나를 가득 채운 지하철 포스터, 그리고 전쟁을 위해
만든 대포 손잡이에 연인들이 껴안고 있는 조각작품을 새겨 넣은
그들의 예술적인 감성을 보면서 이들의 예술이 얼마나 대단한지를 알게
되었다. 내가 사는 곳에서는 느낄 수 없었던 여유로운 그들의 문화는
결코 부유해서 얻어지는 것만은 아니라고 생각한다.

내가 만난 파리의 모든 곳에서 그들의 예술혼과 예술을 사랑하는
정신을 발견했다. 길가에 박혀 있는 돌 하나에도 의미를 부여하는
사람들, 거리에서 만나는 사람들의 의상 하나까지도 나에겐 신선한
충격이었다. 어쩌면 내가 디자인을 전공했기에 더 많은 것들이 눈에
들어왔는지도 모르지만, 분명한 것은 문화는 하루아침에 이루어지는
것이 아니라는 사실이다.

월급의 반을 사진 인화비와 여행비용으로 쓰다

영국에서의 여행 역시 눈물이 날 만큼 행복했다.

하이델파크에서 남녀가 아무렇지도 않게 키스를 하는 모습이 정말
신기했다. 당시만 해도 우리나라 거리에서 키스하는 모습은 상상할 수도
없던 시절이었기에 나는 키스하는 연인들 앞에 가서 빤히 쳐다보았다.
마치 영화의 한 장면처럼 멋있고 아름다웠다.

거지가 구걸하기 위해 팻말을 들고 있는 모습도, 지하철에서 왜 자신이
거지로 사는지 이유를 설명하는 모습도 당당하고 멋있어 보였다.
시골의 작은 집도 아름다웠다. 어느 집에 잠깐 들렀는데 문고리
하나하나에 조각이 새겨져 있었고 계단마다 화분과 예쁜 꽃들로
아름답게 가꾸어져 있었다. 그 집이 가장 평범한 사람들이 사는
집이었다는 사실이, 시골집이나 도시의 집이나 별 차이가 없다는 것이
내게는 또 하나의 충격이었다.

나는 닥치는 대로 사진을 찍었다. 말로만 들었던 호수, 그림엽서로만
보았던 것들을 실제로 보니 신이 날 수밖에 없었다. 비록 빵 하나로
하루를 버티고 기차에서 새우잠을 자는 고행의 연속이었지만, 어항을
벗어난 물고기가 바다를 만난 것처럼 나는 자유롭고 행복했다.
그때 나는 알았다. 떠나지 않으면 만남도 없다는 것을. 떠나기 전에는
여행의 참맛을 몰랐는데 첫 번째 여행 이후 내가 얼마나 여행을
사랑하는지 알게 되었다. 20일간의 여행을 마치고 돌아오는 비행기
안에서 서울시내 야경을 내려다보았다. 감격스러웠다. 김포공항에
도착하자 입에서 절로 한마디가 튀어나왔다.

"살았구나!"

여행을 다녀온 이후부터 뭐든지 할 수 있을 것 같은 자신감이 생겼다.
자신감은 내게 가장 큰 재산이 되었다.
유럽에서 찍었던 사진을 엽서로 만들고 여행기를 써서 여러 잡지사에
보냈다. 그 중 한 군데 잡지사로부터 연락이 와서 나의 사진과 글이
4쪽 정도 잡지에 실렸다.
'아, 무엇이든 노력을 해야 하는구나.'
잡지에 실린 나의 글과 사진을 보니 더욱 자신감이 생겼다.
한번 여행을 다녀오니 다시 여행을 가고 싶어 견딜 수가 없었다.
이후 매월 조금씩 돈을 모아 해마다 프랑스, 영국, 스위스 등을 여행했다.
부모님께 월급의 반을 보내드리고 나머지는 사진 인화비와 여행비로
저축하고 나면 아무것도 남는 것이 없는 생활이었지만 내가 좋아하는
여행과 사진을 할 수 있다는 생각에 행복했다.
적은 월급으로 어떻게 해마다 해외여행을 떠나는지 동료들은 나를
신기하게 보았다. 주로 비용이 적게 드는 비수기에만 여행을 떠났고
돈을 아끼기 위해 기차에서 새우잠을 자기 일쑤였다. 추억 때문에
해마다 같은 곳에 또 가곤 했지만 갈 때마다 다른 추억이 생겼다.
항상 힘겹게 떠났지만 그래도 다시 떠날 수 있었던 원동력은 여행에서
느끼는 행복감 때문이었다. 생소한 풍경이 주는 아름다움도 좋았지만
여행지에서 만나는 사람들 때문에 여행을 멈출 수가 없었다.

"이젠 신 작가라고
불러야겠네"

"제가 F1 경기 사진을 찍어왔습니다."

"뭐라고요? F1이라고요?"

무작정 찾아간 사이판 관광청

미치도록 가고 싶은 여행이지만 모두 다닐 수는 없었다. 그래서 어떻게
하면 여행을 더 많이 다닐 수 있을지 고민하기 시작했다. 그러다가
우연히 사이판의 바다를 사진으로 보게 되었다. 사이판이 신혼여행지로
한창 소개되던 시기였다. 사이판의 바다는 그야말로 환상이었다.
정말 한 번만이라도 가고 싶었다.
그곳에서 눈이 시리도록 파란 바다를 담고 싶다는 생각이 들었다.
그러나 사이판에 갈 만한 여건이 안 되었다. 그래도 꼭 가고 싶다는
생각이 머리를 떠나지 않던 어느 날 무작정 사이판 관광청을 찾아가
보기로 했다.
'그래, 관광청에 찾아가 보자. 어차피 홍보를 위해 한국에 관광청을
냈으니 사진도 많이 필요할 거야.'
그러나 광화문에 위치한 사이판 관광청으로 가는 동안 수없이 많은
갈등이 일었다.
'괜히 망신만 당하는 거 아닐까?'
9층에 위치한 관광청 사무실까지 올라가는 동안 내 머릿속은 수만 가지

생각으로 터질 지경이었다.

"아니, 뭐 이런 사람이 다 있어?" "별 이상한 사람도 다 있네." 등등
그들이 비웃는 모습이 상상되었다.

'차라리 그냥 돌아갈까?'

엘리베이터에서 내려 사무실 앞에 도착했지만 쉽게 용기가 나지 않았다.
한참을 망설인 끝에 심호흡을 한 후 사무실 문을 열었다.
그러자 사무실 안에 있던 사람들이 일제히 내 쪽으로 고개를 돌렸다.
그중 맨 앞에 앉은 여직원이 물었다.

"어떻게 오셨어요?"

나는 다짜고짜 몇 번이고 연습해서 준비한 말을 했다.

"저를 사이판에 보내주십시오. 저를 보내주시면 그곳에 가서 사진을
찍어 사이판을 홍보해드리겠습니다."

그런 다음 그동안 내가 찍은 사진들을 정리한 슬라이드 앨범을
보여주었다. 담당자는 내가 걱정한 것처럼 무시하거나 비웃지 않고
끝까지 나의 말을 다 들어주었다. 그리고 나서 곤란하다는 듯이
정중하게 말했다.

"뜻은 잘 알겠지만 언론사 기자가 아니면 어렵습니다. 언론사 기자도
몇 달을 준비하고 기획해서 의논을 거친 후에 가능한지 검토를 해야
하는데 이렇게 무작정 찾아오시면 곤란합니다."

나는 담당자로부터 거절을 당하긴 했지만 나올 때 기분은 좋았다.

예전에는 그런 용기조차 없었는데 내가 이런 용기를 가지고 도전을
했다는 것 자체가 자랑스럽고 뿌듯했다.

그런데 기적 같은 일이 벌어졌다. 사이판 관광청에 다녀온 지 일주일
정도 지났을 때 그곳에서 전화가 왔다.

"신미식 씨인가요?"

"네, 그렇습니다."

"혹시 지금도 사이판에 가고 싶으세요?"

내 귀를 의심했다. 완전히 포기한 사이판에 갈 수도 있겠다는 생각이
머리를 스쳤다. 사이판 관광청에서 홍보를 위해 팸(홍보)투어를
준비했는데, 가기로 했던 사진기자가 갑자기 사정이 생겨 갈 수 없게
되어 전화를 걸었다고 했다.

"그 기자를 대신해서 신미식 씨가 가줄 수 있겠습니까?"

전화를 끊고 나는 환호성을 질렀다.

'아, 인생은 이렇게 바뀔 수 있구나.'

그때 느꼈다. 도전하는 자에게는 0에서 100퍼센트의 가능성이 있지만
도전하지 않는 자는 언제나 0에서 머문다는 사실을.

내가 찾아가서 요청하지 않았다면 내게 이런 연락을 했겠는가!

며칠 후 나는 아름다운 휴양지 사이판에서 최고의 대우를 받으며
사진촬영을 마음껏하고 돌아올 수 있었다. 이후 사이판 관광청에서
해마다 연락이 왔다. 그뿐 아니다. 얼마 후에는 괌 관광청에서도 연락이

와서 괌에도 해마다 이런 식으로 여행을 다녀올 수 있었다.

이 경험은 내 인생에 큰 의미를 주었다.

'도전하지 않는 것은 실패한 것보다 더 나쁘다.' 되든 안 되든 일단 시도해보는 것이 얼마나 중요한지 알게 된 귀한 경험이었다.

동시에 자기를 알리려면 먼저 나를 보여주는 것이 필요하다는 것도 알게 되었다. 이 경험은 내게 세상을 자신 있게 살아가게 하는 밑거름이 되었다.

에릭 클랩턴의 깊은 눈동자를 찍다

1996년, 8년 동안 근무했던 두란노출판사를 그만둔 뒤 지친 몸과 마음을 충전하기 위해 여행을 떠났다. 한 달 동안 유럽여행을 마치고 돌아와 〈SBS 모닝잉글리쉬〉 잡지사에서 디자이너로 일하게 되었다.

그러던 어느 날 함께 근무하던 사진기자가 갑자기 회사를 그만두었는데, 다른 기자를 구하기도 전에 사진이 급하게 필요한 상황이 생겼다.

"큰일 났네. 당장 사진을 찍어야 하는데 어디서 기자를 구하지?"

부장이 안절부절못하며 여기저기 전화를 해보았지만 마땅한 사람을 찾지 못하고 있었다.

"제가 해보겠습니다."

"자네가?"

부장이 반신반의하며 나를 쳐다보았다. 나는 카메라를 둘러메고 사진 촬영 장소로 달려 나갔다. 그날 촬영할 사람은 공연을 위해 내한한 에릭 클랩턴이었다. 팝의 거장이자 기타의 신이라 불리는 사람.

내가 그토록 좋아하던 뮤지션을 본다는 것 자체만으로도 흥분되는 일인데, 그 사람을 바로 앞에서 촬영한다는 것은 엄청난 행운이라는 생각이 들었다. 비록 혼자만의 촬영이 아니라 여러 명의 사진기자들과 공동으로 하는 촬영이었지만 나는 그 공간에 있다는 것 자체만으로도 가슴이 떨렸다.

길지 않은 시간이 주어진 실내촬영이었다. 하지만 나는 그 짧은 시간을 맘껏 즐겼다. 클랩턴을 향해 렌즈를 맞췄다. 사랑하는 아들을 사고로 잃은 지 얼마 되지 않아서인지 그의 눈은 깊고 슬퍼 보였다.

나는 에릭 클랩턴의 깊은 눈동자에 초점을 맞추고 셔터를 눌렀다.

그의 슬픔을 이해하는 마음으로……

사진은 성공이었다.

"사진 찍는 솜씨가 아주 훌륭한데."

한 석 규 씨 는 거 칠 게 찍 자

회사 직원들은 생각지도 못한 나의 활약(?)에 무척 놀라며 좋아했다.
이후 사진 찍을 일이 생기면 내가 자발적으로 달려가서 찍었다.
그때부터 나는 유명 스타들의 표지인물이나 커버스토리 사진을 찍기
시작했는데, 세계적인 스타들을 직접 만나 사진을 찍는 일은 정말
신이 났다.
그들을 나의 카메라 렌즈에 담고 셔터를 누를 때마다 감격스러웠다.
내가 디자이너로만 안주한 채 살아갔더라면 그런 기회는 결코 오지
않았을 것이다.
그때부터 여기저기의 잡지사로부터 프리랜서로 사진을 찍어달라는
요청이 들어오기 시작했다. 인터뷰 사진을 찍으러 다니면서
다른 기자들과 접할 기회가 많아지면서 나는 자연스럽게 '사진기자'로
알려졌다.
이전까지는 그저 내가 좋아서 한 일이었으나 이제 정식으로 돈을 받고
하는 일이다 보니 더욱 긴장하고 노력하지 않을 수 없었다.
그즈음 어떤 잡지사에서 한석규 씨의 사진을 찍어달라는 요청이 왔다.
나는 일단 인터뷰 사진 요청이 오면 그 사람에 관한 사진을 수백 장
찾아보면서 이미지를 연구한다. 어떤 자세, 어떤 표정, 어떤 각도로 찍을
것인지 수없이 고민한다. 한석규 씨의 경우도 그의 사진을 300장 정도

미리 보면서 어떤 이미지로 찍을 것인지 고민했다.

'거칠게 찍자.'

한석규 씨는 부드러운 인상이기 때문에 도리어 거칠게 찍는 것이
좋을 것 같았다. 사진 촬영이 있기 하루 전날 한석규 씨를 찍기로 한
촬영 장소에 찾아갔다. 나는 콘셉트가 정해지면 항상 촬영 장소에
미리 찾아가 본다.

한석규 씨를 촬영할 장소는 넓은 창이 있는 카페의 이층이었다.
오후 2시에 촬영을 하기로 약속이 되어 있었는데 그 시간은 창가로
햇빛이 넘어가는 시간이었다. 카페를 둘러보면서 내가 원하는 이미지의
사진이 가장 잘 나올 수 있는 위치를 찾았다.

'그래, 저기에 앉혀놓고 찍자.'

하지만 아무리 내가 그 자리를 점찍어 놓았더라도 다음 날 그 시간
그 자리에 다른 손님이 앉아 있으면 허사였다. 손님에게 사진을 찍어야
하니 비켜달라고 할 수는 없었다. 이튿날 나는 오전 10시부터 촬영
장소인 카페에 가서 촬영할 자리를 맡아놓고 기다렸다. 오후 2시에
한석규 씨가 나타나자 내가 맡아놓은 자리에 그를 앉혀놓고 사진 촬영을
했다. 그렇게 찍은 사진은 대성공이었다.

"사진이 정말 마음에 듭니다."

한석규 씨도 사진에 매우 만족해했고 다른 사람들의 반응도 무척
좋았다. 당연한 결과였다. 그렇게 준비하면 잘 찍을 수밖에 없다.

"아이 엠 온리 코리안 포토그래퍼 I am only Korean photographer"

1997년에 나는 유럽을 여행하고 있었다. 유럽은 나에게 감성과 문화의
중요성을 알게 해준 곳이었다. 내가 만난 유럽문화는 우물 안 개구리로
갇혀 있던 나에게 대단한 충격이었다. 이후 나는 1년에 한 번 정도
유럽여행을 했다. 파리와 스위스를 거쳐 이탈리아 밀라노에 도착했다.
여러 번 갔던 곳이지만, 나는 밀라노의 두오모 광장이 유난히 좋았다.
밤이면 광장 근처에서 울려 퍼지는 음악과 주변에 산재한 야외 카페에서
마시는 카푸치노의 매력이 나를 자꾸 그곳으로 불렀다.
사실 그때는 특별한 목적지를 두고 여행한 것이 아니어서 밀라노 다음엔
어느 곳으로 가야 할지 계획이 없었다.
밀라노 여행을 마치고 무작정 기차역으로 갔다. 목적지를 어디로 할까
고민하다가 갑자기 니스 해변이 보고 싶다는 생각이 들었다.
마침 니스까지 가는 기차도 있었기에 나는 망설임 없이 니스행 기차를
탔다.
여행의 즐거움은 예기치 않은 것에 있다고 생각한다. 꽉 짜인 일정에
맞춰 여행한다면 그건 패키지 여행과 다를 바 없다. 예정에 없던
니스행 기차는 의외로 한산했는데 창밖을 통해 보이는 풍광은 그야말로
장관이었다. 유럽이 갖고 있는 아름다운 모습은 다 이곳에 모여 있다는
착각마저 들 정도로 환상적이었다.

니스로 가는 도중에 만나는 기차역 이름 중에 익숙한 지명들이 여럿 있었는데 그중에 가장 기억에 남는 것은 산레모 가요제로 유명한 '산레모'였다.

내가 존경하는 가수 중에 테너 안드레아 보첼리가 있다. 그는 1994년에 산레모 가요제에 참가해 〈Il Mare Calmo Della Sera〉로 신인부문 대상을 차지했고, 이 곡을 첫 음반으로 내놓으면서 본격적으로 활동하기 시작했다. 지금도 그렇지만, 예전에는 산레모 가요제 출신 중에 유명한 가수들이 참 많았다. 그래서인지 유독 그 역명이 기억에 남았다.

아름다운 창밖 풍광에 취해 도착한 니스 해변에서 한가한 시간을 보내다가 호텔 입구에서 포스터 한 장을 발견했다. 다름 아닌 F1 자동차 경주 포스터였다.

세계적으로 유명한 카레이서들이 총출동하는 자동차의 메이저리그 행사가 니스와 가까운 모나코에서 다음 날 열린다는 것이 아닌가! 어차피 모나코를 여행하기로 마음먹고 있었는데 잘됐다는 마음으로 짐을 싸서 모나코 행 기차를 탔다. 숙소에 짐을 풀어놓자마자 경기장으로 달려갔다. 그런데 입구에서부터 경비원에게 제지당했다.

'아, 여기까지 왔는데 이 대단한 경기를 놓칠 수는 없다.'

경기 입장료만 해도 40만 원이었다.

나는 무작정 대회장으로 찾아갔다. 한국 기자의 자격으로 입장시켜 달라고 사정했지만 단호하게 거절당했다.

"이 대회는 국제대회이기 때문에 몇 달 전에 참가 리스트가
넘어옵니다."

나는 포기하지 않고 그 앞에서 버티고 기다렸다. 한 시간가량 지났을까,
저만치서 일본 기자들이 무리 지어 오는 것이 보였다. 그들이 떠들고
웃으며 입구를 통과할 때 나는 재빨리 일행 속으로 끼어 들어갔다.
그러나 프레스센터 앞에서 또다시 제지당하고 말았다.
입구에서 이름을 댔는데, 명단에 내 이름이 있을 리가 없었다.
"아이 엠 온리 코리안 포토그래퍼."
바빠서 예약을 못하고 왔다며 서툰 영어로 연신 애원하다시피 사정을
했지만 통하지 않았다. 실제로 당시 한국 기자는 한 명도 오지 않았다.
나는 물러서지 않고 제발 들여보내 달라고 사정했다. 담당자가 한참
고민을 하더니 잠시 후 나에게 오라고 손짓했다.
"다음부터는 꼭 예약하고 와야 합니다."
마침내 그가 내게 출입증을 만들어주며 다짐을 받았다.

" 와 , 대 박 이 다 ! "

F1 자동차경주는 정말 대단했다. 그렇게 신나고 멋있는 광경은
난생처음이었다. 우리나라에서는 그때까지 한 번도 유치하지 못한,

전 세계적인 큰 경기였다. 경기장은 자동차의 굉음으로 진동했다.
세계 최강 레이서들이 접전을 벌이며 격돌하는 F1 레이싱의 가장 큰
매력은 단연 스피드다. 시속 350킬로미터로 질주하는 F1 머신을 보면
카타르시스마저 느껴진다. 셔터를 눌러대느라 내 손도 자동차
속도만큼이나 빨라졌다. 어느 장면 하나 놓칠 수 없었다.
경기 전날에는 '히스토리 클래식'이라는 주제로 올드 스타들의 경주가
열렸는데 그야말로 제1세대 카레이서들이 총출동한 경기였다.
머리가 희끗희끗한 노인들이 노익장을 과시하며 달렸다. 경기장을 가득
메운 관중들의 함성소리와 자동차의 엔진소리가 조용한 나라 모나코를
온통 뒤흔들어 놓았다.

나는 한국에 돌아오자마자 국내 유명 자동차잡지사에 전화를 걸었다.
"제가 F1 경기 사진을 찍어왔습니다."
"뭐라고요? F1이라고요?"
담당자는 내 말을 믿지 못하고 연신 "정말 찍었냐?"고 되묻기만 했다.
내 사진을 보고서야 비로소 입이 쩍 벌어졌다.
"와, 대박이다!"
한국 기자들이 하나도 없었던 그곳에서 찍은 사진이 잡지를 통해
우리나라에 선보이게 됐다. 그것을 계기로 나는 몇 달 후 그 잡지사의
디자인 팀장으로 스카우트되었다.

사람들은 내게 운이 좋았다고 하지만 내가 도전하지 않았다면 그 운도
찾아오지 않았을 것이다. 운이란 도전하고 노력하는 사람에게 찾아오는
선물이라 생각한다. 나는 용기가 많은 사람은 아니지만 열정은 있었다.
어쩌면 그 열정으로 여기까지 왔는지도 모른다.

사실 나는 사진작가가 되리란 꿈도 꾸지 못했다. 단지 여행이 좋아서
사진을 찍었고, 그 사진을 남기고 싶어 세 권 정도 책을 냈으면 좋겠다는,
꿈이라기보다는 그저 바람을 가졌을 뿐이다. 그 소박한 꿈들이 모두
현실이 되어 이제는 열 배 이상의 열매를 맺고 있다.

내가 처음으로 쓴 책 『머문자리』를 출간하고서 그 책을 아는 교수님께
선물한 적이 있다. 그때 교수님은 내 책을 받아드시고는
"이젠 신 작가라고 불러야겠네."라고 말씀하셨다.

처음 들어보는 '작가'라는 호칭. 나는 그날의 설렘과 감격을 잊을 수
없다. 난생처음 작가로 불리던 그날, 내 인생은 새롭게 시작되었다.
이후로 지금까지 나는 열여섯 권의 책을 출간했고 열다섯 번이 넘는
개인전을 열었다. 또 80여 개국 이상을 다닌 여행사진가가 되었다.
처음 카메라를 들었을 때는 생각조차 하지 못했던 나의 꿈은 이제
여행을 넘어 더 크게 자라나고 있다.

Chapter 1

내가 사진작가가 될 줄이야!

★ 대학에서 응용미술을 전공했던 저자는 처음엔 사진에 관심이 없었다. 오히려 사진 수업 시간에 카메라가 없어서 그 시간만 돌아오면 카메라를 빌리느라 애를 먹었고 결국 사진과목에는 F학점을 받았다.

★ 전공을 살려 편집디자이너로 일했던 저자는 사진에 대해 '무언가 특별한 것을 찍는 것'이라는 고정관념이 있었다. 그러다가 사진에 대한 생각을 완전히 바꾸게 되는 계기가 있었다. 월간지 『빛과소금』의 편집디자인을 할 때 매달 사진부 부장님의 사진을 화보로 실었는데 그분이 찍은 사진을 보면서 생각이 바뀐 것이다. 부장님이 찍은 사진은 버려진 연탄재, 냇가의 돌다리, 구름 등 일상에서 쉽게 접할 수 있는 소박한 소재들이었던 것이다.

★ 그때부터 저자는 무심코 지나쳤던 것들에 관심을 가지게 되었다. 그리고 자신도 사진을 찍고 싶은 마음이 서서히 싹트기 시작했다. 드디어 나이 서른에 36개월 할부로 카메라를 장만했다.

★ 새로 장만한 카메라로 처음에는 야외에 나가 꽃을 찍었고, 잡지에 실린 연예인들의 인터뷰 사진을 보면서 똑같이 흉내 내며 구도를 연구했다. 사진을 찍기 시작한 지 2년 정도 되자 직접 인화를 해보고 싶었다. 그러던 어느 날 사진부의 부장님이 직접 인화하는 방법과 순서를 가르쳐주었다. 그날 이후 잠돌이였던 저자는 하루에 3~4시간만 자고 밤새 독한 약품을 맡으면서 인화작업을 했다. 3년 가까이 암실에서 밤

을 지새우던 열정으로 그의 사진 찍는 실력은 눈에 띄게 좋아졌다.

★ 카메라로 더 넓은 세상을 담고 싶었던 저자는 단돈 19만 원을 들고 해외여행을 떠나게 됐다. 그곳에서 말로만 들었던 신비롭고 아름다운 호수와 그림엽서로만 보았던 것들을 현실로 만나고 닥치는 대로 찍었다. 이후 월급의 반을 사진 인화비와 여행비로 저축해서 해마다 해외여행을 다녔고 사진을 찍었다.

★ 미치도록 여행이 가고 싶은데 돈이 없을 때는 무작정 관광청을 찾아가 사진을 찍어 홍보해주겠다고 제안해 여행 기회를 얻기도 했다. 그러던 중 한 잡지사에서 디자이너로 일하고 있을 때 사진기자가 갑자기 회사를 그만두는 바람에 저자에게 사진을 찍을 기회가 왔다. 그동안 쌓아온 내공으로 유명 연예인 사진을 성공적으로 찍음으로서 이후 본격적인 사진작가의 길을 걷게 되었다.

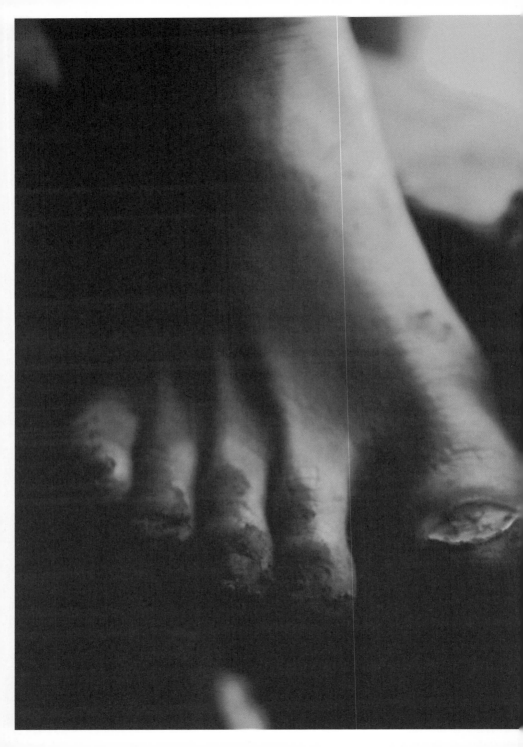

02

가.난.이. 내. 무.기.였.다.

"신미식 작가님이시죠?

저희 회장님께서 작가님께 카메라를 사드리라고 해서요."

"카메라요? 회장님이 왜 제게 카메라를?"

"저희 회장님께서 신미식 작가님의 사진을 좋아하시는데

카메라가 없다는 소리를 들으셨는지 카메라를 사드리라는 지시가 내려왔습니다."

IQ는 95,
EQ는 500

되돌아보니 그런 사진을 찍고 글을 쓸 수 있는 감성은

어머니로부터 물려받은 것 같다.

어릴 때 내 별명은 '미숙이'

가장 좋은 사진은 사진 속에서 나를 만날 수 있는 사진이다.
'아, 저게 나야!'
마다가스카르에서 한 무리의 꼬마들이 장작을 해가지고 오는 모습을
보면서 어린 시절 내 모습을 떠올렸다. 한 아름의 장작을 팔에 안고
집으로 돌아가는 아이들의 얼굴에는 엄마를 도왔다는 의기양양함이
가득했다. 마치 어린 시절의 나처럼. 나는 그들을 향해 셔터를 눌렀다.
어머니는 봄이 되면 나물을 캐러 갈 때 항상 나를 데리고 다니셨다.
냉이, 질경이, 씀바귀, 돌나물, 황새냉이, 쑥, 비름나물, 미나리……
나물을 뜯으며 어머니는 내게 나물 이름을 하나하나 가르쳐주셨다.
나는 이따금 어머니를 기쁘게 해드리기 위해 혼자 가서 나물을 캐오곤
했다. 마다가스카르의 아이들처럼 양손에 한 아름 나물을 들고
의기양양한 표정으로.

어릴 때 나의 별명은 '미숙이'였다. 여자처럼 착하고 얌전하다고 동네
아줌마들이 나를 미식이라 하지 않고 미숙이라고 불렀다.

나는 가난한 집 13남매의 막내로 태어났다. 어머니는 43세의 늦은
나이에 나를 낳으셨다. 어려서부터 나는 어머니의 한숨소리를 듣고
자랐다. 형제가 많다 보니 밤낮으로 자식 걱정하시는 어머니의 한숨이
하루도 그칠 날이 없었다. 그런 어머니를 볼 때마다 생각했다.
'나라도 엄마 속 썩이지 말아야지.'
그런 내가 정작 고등학교 전기입시에서 떨어지고 말았다.
후기 고등학교에 응시했는데 그것도 경쟁률이 5대 1이나 되었다.
그날부터 어머니가 나보다 더 애를 태우며 걱정을 하셨다.
"우리 아들이 고등학교에도 떨어지면 아버지에게 쫓겨나 집에
들어오지도 못할 텐데……."
합격자 발표가 있던 날 아침, 어머니의 걱정스러운 시선을 뒤로한 채
떨리는 마음으로 학교에 갔다. 합격자 명단이 걸려 있는 운동장에는
벌써부터 많은 사람들이 와서 웅성거리고 있었다. 자신의 이름을
발견하고 좋아서 펄쩍 뛰는 사람, 소리를 지르는 사람, 실망해서
울먹이는 사람들 사이를 뚫고 조마조마한 심정으로 수험번호를 찾았다.
'아, 합격이다!'
그런데 이름이 이상했다.
'어? 신민식?'
수험번호는 맞는데 이름이 '신민식'으로 적혀 있었다. 수험번호가
맞음에도 불구하고 불안했다. 교무실에 직접 가서 합격을 확인하고

나서야 어머니에게 전화를 걸었다.

"엄마, 나 합격했어."

합격한 기쁨보다 어머니의 걱정을 덜어드렸다는 것이 더 기뻤다.

집으로 들어서자마자 어머니는 버선발로 뛰쳐나와 나를 얼싸안으셨다.

"우리 아들, 정말 장하고 고맙구나!"

어머니가 눈물을 흘리며 기뻐하시는 모습을 보면서 나는 속으로

다짐했다. '앞으로 절대 우리 엄마 속 썩이지 말아야지.'

'앞으로 엄마를 창피해하지 말자'

사실 중학교에 다닐 때까지 나는 어머니가 늙었다는 게 싫었다.

초등학교 입학식 날 옆에 있던 친구가 어머니를 보고는

"야, 너희 할머니 오셨다."라며 나를 놀려댔다. 그날 이후 나는 어머니가

학교에 오시는 게 너무 싫었다. 학교에서 부모님을 모셔오라고 하면

갖가지 핑계를 대면서 어머니가 학교에 못 오시게 했다.

입학식이나 졸업식에도 오시는 게 싫었다.

고등학교 입학식 때도 어머니가 오시지 않기를 은근히 바랐지만,

어머니는 입학식 전날 푸른색 한복을 꺼내서 동정을 새로 달고 고무신도

짚수세미로 깨끗이 닦았다. 이튿날 아침에 어머니는 아끼는 한복을

차려입고 은비녀를 꽂은 모습으로 입학식에 나타나셨다.

한복을 입은 62세의 어머니는 멀리서도 눈에 띄었다. 그러나 교복을
입고 중간 정도에 서 있던 나는 어머니 눈에 쉽게 띄지 않았다.

어머니는 나를 찾느라 입학식 내내 두리번거리셨지만, 나는 모자를
깊숙이 눌러쓰고 모른 체했다.

입학식이 끝나고 교실로 줄을 지어 들어가는데 어머니만 혼자 스탠드에
남아 우두커니 앉아 계셨다.

교실로 들어와 자리를 정해 앉았는데 하필 내 자리가 창가 쪽이었다.
창밖을 내다보니 교문을 나서서 언덕길을 내려가고 있는 어머니의
뒷모습이 보였다. 순간 막내아들 얼굴도 못 보고 돌아가시는 어머니가
짠하게 느껴졌다. 선생님께 어머니한테 인사하러 잠시 나갔다 오겠다고
말씀드리고 교실을 나왔다. 언덕을 뛰어 내려가는데 마구 눈물이 났다.

'내가 나쁜 놈이구나.'

"엄마!"

어머니가 뒤돌아 나를 보시더니 한복 속주머니에서 껌 한 통과
꾸깃꾸깃한 돈을 꺼내 주셨다. 그때 돌아오면서 또 한 가지 다짐을 했다.

'앞으로 엄마를 절대 창피해하지 말자.'

어머니로부터 물려받은 감성

고등학교 1학년이 되고 나서였다. 어느 날 우연히 실내화를 직접
빨아보았다. 그런데 막상 해보니 보기보다 힘들었다.
'이렇게 힘든 일을 엄마가 모두 하셨구나.'
그간 우리 13남매의 빨래를 모두 해주신 어머니를 생각하니 마음이
울컥했다. 그때부터 나는 어머니에게 빨래를 숨기고 살았다.
청바지, 운동화, 양말을 모두 감춰두었다가 어머니가 안 계실 때 몰래
빨았다. 그렇게 나는 어머니와 보이지 않는 사랑을 시작했다.
철없는 막내의 작은 변화인 셈이다.
중학교 때부터 학교에서는 매년 4월이면 백일장을 열었다. 고등학교에
들어가서도 마찬가지였다. 백일장의 주제는 보통 5월 8일 어버이날에
맞춰 부모님에 관한 것으로 정해졌다. 중학생 때는 원고지 매수를
채우느라 힘들었는데, 고등학생이 되어서는 나도 놀랄 정도로 원고지
60매를 순식간에 채울 수 있었다.
어머니에 대한 글을 쓰면서 내가 얼마나 부족한 아들이었는지를 알게
되었다. 어머니에겐 늘 안쓰러운 존재인 막내의 심정으로 글을 써
내려갔다.
그런데 예상치 못한 일이 벌어졌다. 백일장에서 덜컥 장원이 된 것이다.
태어나서 처음으로 글을 써서 상장을 받았다. 분명 그 상장은 어머니가

나에게 주시는 선물일 것이라고
생각했다. 그때부터 나는 자신을
돌아보게 되었고 자신감도 생겼다.
'내가 글로 상을 받다니…….'
백일장 장원 선물로『춘희』라는 책을
받았는데 '상장'이란 마크가 찍힌
그 책을 늘 가방에 넣고 다니며
몇 번이고 반복해서 읽었다.
돈 주고 책을 산다는 건 상상도 할 수
없었던 내가 처음 가져보는 새
책이었다. 이후 글짓기 대회나 백일장에
나가기만 하면 상을 받았다.
그러다 보니 친구들로부터 연애편지를
써달라는 부탁이 수없이 들어왔다.
나중에는 깡패 친구들 협박에 하도
피곤해서 아예 문장을 만들어놓고
이름만 바꾸어서 써주었다.
고등학교를 졸업하기까지 여섯 번의
백일장에서 다섯 번의 장원과 한 번의
차상을 차지했다.

어느 날 나의 사진과 글을 읽고 난 친구가 놀리며 이렇게 말했다.

"네 IQ는 95인데 EQ는 500인가 봐."

"근데 너는 그 500짜리 감성이 대체 어디서 나오는 거냐?"

사진을 보고 느끼는 감정은 사람마다 다르다. 그럼에도 내 사진에는 한결같이 사람의 감성을 자극하고 마음을 끌어당기는 힘이 있다고 한다. 오랫동안 잃어버렸던 감성을 일깨우고 마음을 잡아당기는 흡인력이 있단다.

되돌아보니 그런 사진을 찍고 글을 쓸 수 있는 감성은 어머니로부터 물려받은 것 같다. 어머니는 늘 몸이 아프고 자식 걱정으로 한숨을 내쉬면서도 마당에 채송화, 맨드라미, 나팔꽃과 봉선화 등을 가득 심어놓으셨다. 가을이면 달리아를 말려서 꽃잎을 창호지에 덧바르고 꽃잎이 말갛게 비치는 문 앞에 앉아 상보를 만들곤 하셨다. 어머니의 이런 모습은 내 안에 잔잔하게 재어지면서 감성으로 축적되었다. 가난하고 힘든 환경에서도 밝고 긍정적으로 사시는 어머니에게서 세상을 따뜻하게 보는 힘을 배웠다.

결국 나는 이 감성으로 사물을 보고, 사람을 사랑하고, 사진을 찍고 있는 것이다.

내 인생을 바꾼
'만 원'의 힘

당시 만 원이란 돈도 무척 큰돈이었지만,

그보다는 그분의 말씀과 마음이 나를 더 감동시켰다.

만 원짜리 머리 하고 2만 원 팁을 주다

"감사합니다."

단골 미용실에서 머리를 자르고 계산대 앞에서 만 원을 꺼내 계산을
마쳤다. 그리고 뒤돌아서서 나의 머리를 감겨주고 손질해주었던 보조
미용사에게 고맙다는 말과 함께 2만 원을 내밀었다.

"아니, 무슨 팁을 이렇게 많이?"

보조 미용사가 당황한 듯 선뜻 돈을 받지 못하고 나를 빤히 쳐다보았다.
만 원짜리 머리를 하고 팁으로 2만 원을 주는 손님이 이해가 안
된다는 표정이었다.

"이번에 새로 오신 분이죠?"

"네."

예전에 머리를 감겨주던 사람은 정식 미용사가 되어 다른 곳으로
옮겼다고 했다.

"다음에 또 올게요. 열심히 하세요."

나는 다시 한번 그 미용사에게 고맙다고 정중하게 인사하고 문을
나섰다. 오래전 추운 겨울날 어느 손님이 내게 그렇게 했듯이……

살다 보면 누구에게나 인생의 전환점이 되는 사건이나 사람을 만나게 된다. 나도 아주 오래전에 사소한 일이지만 내 인생을 바꾸게 해준 분을 만났다.

대학 졸업 후 한동안 직장을 구할 수 없어 집에서 하루하루 부모님 눈치를 보며 살던 때였다. 대학에서 디자인을 전공했지만 취업난으로 취직이 쉽지 않을 때였다. 학창 시절에 총학생회 문예부장을 맡았었는데, 그러다 보니 수업에 자주 빠지게 됐고 교수님들과도 자주 의견충돌을 일으켰다. 젊은 혈기에 세상이 다 내 것 같던 시기였다. 지금 생각해보면 얼마나 어리석었는지 부끄럽기만 하다.

전공 특성상 취업은 대부분 교수추천으로 이뤄졌는데 교수님들과 관계가 좋지 않았던 나는 취직하기가 더욱 어려웠다. 가난한 집에서 더 이상 부모님께 얹혀살 수 없다는 생각에 무작정 집을 나왔다.

다방 DJ, 술집 웨이터, 닥치는 대로 일하다

막상 집을 나오긴 했지만 갈 곳이 없었다. 주머니에는 단돈 5,000원이 전부였다. 무작정 기차를 타고 부산으로 갔다. 왜 부산이었는지는 지금 생각해도 잘 이해되지 않지만, 어렴풋이 생각나는 것은 바다가 보고 싶어서였던 것 같다. 왠지 바다에 가면 초라한 나 자신이 조금이나마 위로를 받을 것 같다는 막연한 생각이 들었다. 그러나 거기도 갈 곳이 없기는 마찬가지였다. 아는 사람이 아무도 없는 그곳에서 노숙자 생활을 하며 일주일을 굶자 삶의 의욕마저 사라졌다.

'이렇게 살아서 뭐하나' 싶었다.

그때 역 앞에서 꼬마 하나가 복숭아를 먹고 있다가 그만 땅에 떨어뜨리고 말았다. 꼬마가 떨어진 복숭아를 주우려고 하자 옆에 있던 엄마가 더럽다고 말리며 아이의 손을 잡고 자리를 떠났다.

나는 얼른 뛰어가 흙으로 범벅이 된 복숭아를 주워 들었다. 그리고 화장실로 달려가 복숭아를 수돗물에 씻어서 먹었다. 이상하게도 복숭아를 다 먹고 나자 갑자기 살아야겠다는 생각이 들었다.

'내가 하지 못할 일이 뭐가 있을까!' 싶었다. 무슨 일이든 할 수 있을 것 같았다. 그때부터 가리지 않고 일을 하기 시작했다.

처음 시작한 일이 다방 DJ였다. 이후 다방의 주방 일부터 안 해본 일이 거의 없었다. 정말 닥치는 대로 했다. 하지만 대부분이 밑바닥 일이라고 하는 것들이어서 인간적인 대우를 받아보지 못했다. 음식점에서 서빙을 하다가 두들겨 맞기도 했고 월급도 못 받고 쫓겨난 적도 있었다.

사는 게 너무 힘들고 고달프기만 하던 시절이었다. 그러던 어느 추운 겨울날이었다.

그날도 술집에서 웨이터로 서빙을 하고 있는데 어떤 중년 손님이 지갑에서 만 원짜리 한 장을 꺼내면서 말했다.

"힘들지? 젊어서 고생은 사서도 하는 거야. 열심히 살도록 해!"

순간 눈물이 핑 돌았다. 처음으로 인간적인 대우를 받아본 것 같았다. 당시에 만 원이란 돈도 무척 큰돈이었지만, 그보다는 그분의 말씀과 마음이 나를 더 감동시켰다. 그것은 돈으로 가치를 매길 수 없는 인간적인 위로였다.

'그래, 정말 열심히 살자.'

그때부터 희망이 생기면서 정말 열심히, 최선을 다해 살아야겠다는 생각이 들었다.

'내가 이렇게 살려고 디자인 공부를 한 게 아니잖아.'

하루하루를 그저 막연하게 살 게 아니라 어떻게 해서든 내게 맞는 일을 찾아서 해야겠다고 마음먹었다. 그리고 꼭 성공해서 그 손님처럼 힘든 사람들을 위로하고 힘을 줄 수 있는 사람이 되고 싶었다.

'나도 잘되어서 힘든 사람들을 꼭 도와야지.'

잘 곳이 없어 사무실에서 매일 야근하다

그때부터 전공과 맞는 일을 적극적으로 찾아보기 시작했다. 선배나 친구를 통해 여기저기 부탁도 하고 온갖 매체의 구인란을 열심히 뒤지면서 일자리를 구했다. 몇 달을 노력한 끝에 드디어 충정로에 있는

출판사의 디자이너로 취직할 수 있었다. 취직은 했어도 퇴근 후 잠을
잘 데가 없었다. 그래서 전에 일하던 음식점에서 잠을 자고 출퇴근을
했다. 음식점은 밤늦게 문을 닫기 때문에 일찍 퇴근을 해도 들어갈 수가
없어서 음식점이 문을 닫는 자정까지 밖에서 기다려야 했다. 그래서
본의 아니게 회사에서 매일 야근을 했다. 사정을 모르는 회사에서는
내가 무척 열심히 일한다고 좋아했다. 아침은 매일 굶었고 점심에는
라면을 사 먹었다.

남들은 속도 모르고 "와아, 너는 라면 정말 좋아하는구나."라고 말했다.
첫 월급을 받자마자 회사 근처에 있는 하숙집을 얻었다.

한방에서 두 명이 지내는 것이었는데 첫날에 자려고 눕자 눈물이 났다.
마음 편하게 들어갈 수 있는 집이 있고 따뜻한 밥을 먹을 수 있다는 것이
얼마나 행복한 일인지 경험해보지 않은 사람은 모를 것이다.

그때부터 야근을 하지 않아도 되었다. 회사에서는 "신미식이 변했다."고
했다. 열심히 일하고 또 일해서 차츰 더 나은 조건의 직장으로 옮겼고,
마침내 대기업에 들어가게 되었다. 그렇게 열심히 살 수 있었던 힘은
어느 추운 겨울에 만난 손님의 작지만 따뜻한 격려에서 비롯되었다.
그래서 나는 미용실에 가거나 젊은이들이 힘들게 일하는 모습을 볼 때
꼭 팁으로 2만 원을 준다. 그리고 팁을 줄 때는 반드시 "고맙습니다."
라는 말을 빠트리지 않는다. 작은 위로와 격려 한마디가 한 사람의
인생을 변화시킬 수 있다는 것을 알기 때문이다.

신용불량자에서 잘나가는
연예인 사진 전문기자로

'지금은 많이 힘들지만 아직은 내가 감당할 수 있을 거야.'
만일 그 성경 말씀이 없었다면 내게는 희망의 끈이 없었을 것이다.

모든 불행이 쓰나미처럼 몰려오다

어릴 때부터 가난하고 어려운 시절을 보냈지만 특히 1997년은
내 인생에서 가장 고통스럽고 힘든 시기였다. 잡지사에서 디자이너로
일할 때였는데 어느 날 후배가 찾아와 내게 간절히 부탁했다.
"형, 제가 여행잡지사를 만들었는데 제발 와서 도와주세요."
애원하다시피 매달리는 후배를 차마 거절할 수 없어서 나는 멀쩡하게
잘 다니던 잡지사를 그만두고 후배의 잡지사에서 편집장으로 일하게
되었다. 그러나 3개월 동안 월급 한번 받아보지 못한 채 회사가 결국
문을 닫고 말았다. 새로운 일자리를 찾아봤지만 쉽지 않았다.
당시는 나라 전체가 경제적으로 큰 어려움을 겪던 IMF 시기였다.
회사마다 잘 다니고 있는 직원도 내보낼 판국이었으니 어찌 보면
취직을 못하는 것이 당연했다. 신용불량자가 되는 건 순간이었다.
가진 돈도 거의 없긴 했지만 금방 빚이 늘어났다. 게다가 얼마 후 내가
세상에서 가장 사랑하는 어머니까지 돌아가시고 말았다. 세상의 모든
불행이 합세해서 내게 달려드는 것 같았다.
어머니의 죽음은 내게 가혹한 형벌이었다. 한밤중에 어머니의 임종

소식을 듣고 집으로 가던 중 운전대에 엎드려 오열했다.

늘 나를 안쓰럽게 여기시던 어머니. 처음으로 막내로 태어난 것이 원망스러웠다. 나이 마흔 살이 넘어 나를 낳으신 어머니. 큰형님을 비롯해 다른 형제들은 어머니와 같이 산 햇수가 나보다 훨씬 많은 데 비해 나는 불과 서른 몇 해밖에 어머니를 누리지 못했다는 사실이 억울했다.

어머니가 돌아가시자 세상의 모든 끈이 끊어진 것처럼 느껴졌다. 경제적인 어려움은 한동안 계속되었다. 한번은 이런 일도 있었다. 2000년쯤이었던가, 매일매일 빚 독촉에 시달릴 때였다. 은행에 갚아야 할 돈이 3,000만 원 정도였다. 피를 말리는 고민 중에 빚을 갚을 수 있는 유일한 방법을 발견했다. 그것은 장기를 파는 것이었다.

버스 터미널에서 우연히 '장기매매'라고 쓰인 작은 스티커를 보고 브로커에게 전화를 했다.

평택의 허름한 다방에 앉아 브로커와 이야기를 나눴다. 콩팥을 팔면 3,000만 원을 준다고 했다. 나에겐 너무나 큰돈이었고 절실했기에 그 사람이 알려준 병원에 가서 종합검사를 했다. 순서를 기다리는 내내 왜 그렇게 눈물이 나던지…… 내 처지가 너무나 한심하게 느껴졌다. 다행인지 불행인지 검사결과는 양호했다. 브로커와 다시 만나 검사결과를 보여주니 만족스러워했다. 그럼 언제 수술하고 돈을 받을 수 있느냐고 물으니, 3,000만 원 중에 소개비로 1,500만 원을 떼고 남은

1,500만 원만 받을 수 있다는 것이었다.

갚아야 할 돈이 3,000만 원인데 장기를 팔고도 빚을 다 갚을 수 없다는 생각에 그 자리를 박차고 나왔다. 속았다는 생각에 억울했고 한편으로는 내 처지가 어쩌다 이렇게 되었는지 서글펐다.

평소 마시지도 않던 소주를 병째 마셨다. 지금 생각하면 얼마나 어리석은 생각이었는지⋯⋯. 만약 그때 장기를 팔아 돈을 마련했다면 나는 평생 죄책감으로 살았을지 모른다.

'어떻게 죽는 게 고통이 없을까?'

직장도 없고 신용불량자로 당장 오갈 데 없는 신세가 된 내게 후배가 홍대 근처 연남동에 있는 자기 집 지하창고를 보여주며 말했다.

"형, 당장 갈 데가 없으면 당분간 여기서라도 지내는 게 어떠세요?"

온갖 잡동사니가 처박혀 있는 창고는 장마로 물이 무릎까지 차 있었다. 물은 아무리 퍼내도 줄어들지 않았다. 결국 후배와 함께 청계천에 가서 펌프를 사다가 물을 뺀 다음 창고를 방처럼 꾸몄다.

이후로도 비만 오면 물이 차서 펌프로 물을 퍼내야 했지만 지낼 곳이 있는 게 그나마 다행이었다.

한번은 선배가 찾아왔는데 가만히 앉아 있지 못하고 자꾸 밖으로

들락거렸다. 나중에서야 선배는 "곰팡이 냄새가 너무 나서 참을 수가
없었다."고 실토했다. 방 안에 빗물이 들어차고 곰팡이 냄새가 나는 것은
얼마든지 참을 수 있었다. 그러나 카드 빚으로 독촉을 받고 법원에서
압류장이 날아오면 피가 마르는 것 같았다. 그런 날은 교도소로
끌려가는 꿈을 꾸었다. 굶는 것은 물론 교도소에 갇히는 꿈, 잡혀가는
꿈 등 악몽에 시달리느라 잠조차 제대로 잘 수 없었다.
하루하루가 너무 괴롭고 희망이 없었다.
'어떻게 죽으면 편할까?'
'무슨 약을 먹을까?'
'강물에 빠져 죽을까?'
별별 생각을 다 했다. 그러나 구체적으로 죽음을 생각하면 그 끝에
언제나 하나님이 계셨다. 만약 하나님을 믿지 않았더라면 내 인생은
그 시점에 마침표를 찍고 말았을 것이다. 사는 게 너무 힘이 들어 길을
걸으면서도 눈물이 났지만 사람에게 감당할 시험밖에 주시지 않는다는,
시험이 끝난 후 더 큰 축복이 임한다는 성경 〈욥기〉의 말씀을 떠올리면
위로가 되었다.
'지금은 많이 힘들지만 아직은 내가 감당할 수 있을 거야.'
만일 그 성경 말씀이 없었다면 내게는 희망의 끈이 없었을 것이다.
그랬기에 더욱 간절히 하나님을 찾고 의지했다. 예배를 드리는 것이
유일한 기쁨이었기에 차비가 없을 때에도 걸어서 교회까지 갔다.

교회 청년부에서 찬양으로 봉사를 했는데 찬양할 때마다 마음속에서 말할 수 없는 기쁨과 평안함이 차올랐다. 그리고 다시 살아갈 수 있는 힘이 솟아나곤 했다.

그러나 생활은 여전히 곤고했다. 주민등록마저 말소되어서 신원확인이 안 되니 직장은커녕 편의점에서 아르바이트조차 할 수 없었다. 신원이 확인되지 않으면 아무 일도 할 수 없다는 것을 그때 알았다. 새벽에 인력시장에 나가 일자리를 구했지만 기회를 얻기란 가뭄에 콩 나기였다.

"하나님, 저를 도와주시면 나중에 밥이 필요한 사람에게 밥을 주는 사람이 되겠습니다."

한 끼가 소중하다는 것을 그때 절실하게 느꼈다.

나만의 방법으로 여행을 떠나다

여전히 여행을 가고 싶었지만 꿈도 꿀 수 없는 일이었다. 하지만 여행은 내게 상사병과 같았다. 상사병 환자가 사랑하는 사람의 얼굴이 아른거려 아무것도 할 수 없듯이, 누워 있으면 여행지와 비행기가 아른거려서 병이 날 것 같았다. 그러다가 더 이상 참을 수 없으면 어깨에 배낭을 메고 공항으로 달려갔다. 어깨에 배낭을 메고 집을 나서면 그 순간부터 날개를 단 듯 신이 났다.

공항에 가서 정말 여행을 떠나는 사람처럼 출국 카드를 쓰고 은행에서
만 원 정도 환전도 했다. 뿐만 아니라 대합실에 앉아서 비행기
이륙시간을 기다리는 여행자처럼 커피를 마시며 옆 사람과 이야기도
나누었다.

"어디 가세요?"

"아, 네. 저는 영국 가는데요."

"얼마 동안 가세요?"

"6개월 있다 옵니다."

공항에서 비행기 이착륙 소리를 듣고, 한껏 부푼 표정의 여행자들과
바쁘게 오가는 스튜어디스의 모습을 보면 나도 정말 여행을 떠나는 것
같은 느낌이었다. 그렇게 서너 시간 공항에 있다가 입국장으로 나와
다시 공항 버스를 탔다. 그리고 또 옆자리의 승객과 먼 여행을 다녀온
사람처럼 반갑게 이야기를 나누었다.

"어디 다녀오셨어요?"

"일본출장 다녀오는 길입니다."

"아, 네. 전 영국하고 스위스 갔다 왔어요."

내가 전에 실제 다녀온 곳을 이야기했기에 거짓말이라고 생각하지
않았다. 좋아하는 사람을 사진으로라도 봐야 그리움이 해소되듯이,
여행을 가고 싶을 때 이렇게라도 안 하면 미쳐버릴 것 같았다.
더 이상 참으면 병이 날 것 같아 스스로 만들어낸 방법이었다.

I am a Photographer
SHIN, MI SIK 신미식

못 간다고 한탄만 하는 게 아니라 나만의 방법을 찾은 것이다.
이렇게라도 해야 갈증이 어느 정도 해소되었다. 내게는 가보고 싶은
세상이 너무 많았다. 인천공항이 생긴 후부터는 인천공항으로 가는
방화대교 밑에서 낚시를 하며 공항 가는 꿈을 꾸었다.
그리고 공항으로 달려가는 버스를 바라보면서 스스로에게 말하곤 했다.
"나는 앞으로 원 없이 여행을 할 거야. 반드시!"

물질적 풍요보다 길 위의 삶이 더 좋아

얼마 후 기적처럼 신문사에 취직을 했다. 월급이 400만 원으로 내게는
엄청나게 좋은 조건이었다. 일하면서 틈틈이 저축한 돈으로 은행빚을
갚아나가기 시작했다. 그렇게 차곡차곡 빚을 갚아 지긋지긋하던
신용불량자의 딱지를 떼게 되었다. 하숙집으로 거처도 옮기고 어느 정도
안정을 되찾아갔다. 열심히 신문사를 다니고 있던 어느 날 후배가
찾아왔다. 후배는 내게 연예인 사진촬영만을 전문으로 하는 스튜디오를
차려서 함께 운영해보자고 제의했다.
"형, 언제까지 월급쟁이 생활만 할 거야? 이제는 형도 직접 스튜디오
차려서 사진 찍고 돈도 벌어야 하지 않겠어?"
언젠가부터 디자인보다는 사진 찍는 일이 주업같았기에 나는 마음이

흔들리기 시작했다. 후배는 망설이는 나를 끈질기게 설득했다.
결국 회사를 그만두고 스튜디오를 차렸다.

스튜디오를 차리자마자 정신없이 일이 밀려들었다. 수입은 나날이 늘어
이러다간 금세 재벌이 되겠다 싶을 정도였다. 하지만 시간이 갈수록
나와 맞지 않는다는 생각이 들었다. 지하 스튜디오에서 억지로 연출하고
만드는 사진은 내가 원하는 사진이 아니었다. 일상적이고 자연스러운
모습을 찍는 게 나의 행복이었는데, 이렇듯 억지로 연출해서 찍는 일은
내게 고역이었다. 가공되고 인위적인 사진이 아니라 꾸밈없는
보통 사람들의 일상, 진실되고 자연스러운 모습을 찍고 싶었다.
'더 넓은 세상을 보고 싶어서 사진을 시작한 건데……'
카메라를 들었던 초심이 떠올랐다. 내가 원하던 삶이 아니라는 생각이
들자 하루하루가 불만스러웠다.
'이건 내가 원하던 삶이 아니야.'
참다못해 어느 날 배낭을 챙겨 들고 홀쩍 유럽여행을 떠났다.
여행을 하면서 스스로를 되돌아보며 고민했다.
'나답게 산다는 건 과연 어떤 모습일까?'
떠날 수 있는 용기를 가지고 돌아온 나는 과감하게 스튜디오 일을
정리했다. 그 무렵 하고 있던 금호아트홀 프리랜서 일도 그만두었다.
금호아트홀에서 한 달에 열흘 정도 디자인 작업을 하는 조건으로
꽤 많은 돈을 받고 있었는데, 그 역시 사진으로 돌아선 내 마음을

돌이키지는 못했다. 이미 사진쟁이가 되어버린 나는 다른 어떤 일을
해도 행복하지 않았다. 물질적인 풍요도 길 위에서 사진을 찍을 때만큼
나를 채워주지 못했다. 주위에서는 이런 나를 미쳤다고 했다.
"미쳤군, 그렇게 안정적인 생활을 팽개치다니."
그러나 나는 안정적인 삶을 포기한 게 아니라 더 나은 삶을 선택한
것이었다. 안정적인 생활을 영위하는 일이 내게는 단지
'살기 위해서'였다면 길 위로 나선 것은 '살고 싶어서'였다.
나는 살고 싶었기에 길 위의 삶을 선택한 것이다.

또다시
신용불량자가 되다

순간 나도 모르게 카메라를 들고 차에서 내렸다.
눈물이 채 마르지 않은 눈에 카메라를 갖다 대고 정신없이 사진을 찍기 시작했다.

양수리 민박집 주인이면 뭐해?

스튜디오와 금호아트홀의 일을 그만둔지 얼마 지나지 않아 후배가
양수리에 좋은 집이 있다며 소개해주었다. 평소 강가를 좋아해서 양수리
근처에 작업실을 갖는 것이 꿈이었던 나는 그 집을 보자마자 단박에
매료되었다.
전면이 통유리로 양수리 강이 훤히 내다보이는 그곳은 내가 꿈에 그리던
집이었다. 월세로 나온 집은 생각보다 비싸지 않았다. 그간 내가 모은
돈이면 충분히 가능했다.
'이곳에 살면서 여행하고 사진만 찍으며 살리라.'
그 집을 본 뒤 나는 너무 좋아서 이사하기까지 한동안은 주말 밤마다
집구경을 하고 왔다. 서울생활을 정리하고 드디어 이사를 했다.
그러나 그토록 원하던 양수리 강가의 집으로 이사를 하던 날 밤 나는
세상에 홀로 버려진 느낌이었다. 앞으로 어떻게 살아가야 할지
막막했다. 이곳 양수리에서의 생활을 기다리며 꿈에 부풀었던 불과
몇 달 전과는 정반대였다.
이사 오기 두 달 전 친구가 급한 일로 돈을 빌려달라고 사정해서

신용카드로 2,000만 원을 대출 받아 빌려주었는데, 이사 올 때까지
그 친구가 약속을 지키지 못하는 바람에 또다시 신용불량자 신세가
된 것이다. 카드 빚은 2,000만 원이었지만 이자에 이자가 붙어 빚이
순식간에 눈덩이처럼 불어났다. 간간이 들어오는 수입으로 이자와
원금을 갚기란 어림도 없었다.

'또다시 이런 생활로 전락하다니…….'

양수리에서의 낭만적인 생활을 시작도 해보기 전에 카드 회사에서
날아오는 독촉장은 나의 의욕은 물론 꿈까지 옥죄어왔다. 희망이 사라진
듯했다. 겨우내 두문불출하며 우울하게 지냈다.

봄이 되자 딱딱하게 언 땅이 녹으며 흙냄새가 올라왔다. 생명력이
느껴지는 흙냄새를 맡자 내 안에서도 무언가 짜릿짜릿한 기운이
살아났다. 문득 땅에 농사를 짓고 싶어졌다.

"일단 집 앞에 농사를 짓자."

집 앞에 넓은 텃밭을 갈아 감자, 고구마, 옥수수, 들깨 등을 심기
시작했다. 그리고 인터넷에 '신미식의 사진이야기'라는 블로그를 만들어
독자와 소통을 시작했다. 생각했던 것보다 많은 독자들이 블로그를
찾았고 블로그가 점점 알려지면서 양수리를 찾아오는 사람도 늘어났다.
그들은 입구에서부터 감탄하며 들어섰다. 꿈에 그리던 전원생활이라고
부러워하면서 자고 가는 사람도 많았다. 처음에는 그냥 재워주곤 했는데
소문을 듣고 찾아오는 사람들이 점점 많아지자 주말에만 민박형식으로

운영하기 시작했다. 혼자 108평에서 덩그러니 있는 게 외로웠고
사람이 그리웠던 것도 이유였다.

첫 포토에세이를 출간하던 날

힘겨운 생활이었지만 블로그에 올린 사진과 글을 모아 2002년에
첫 번째 책을 출간했다. 당시는 포토에세이란 장르가 없던 시절이었는데
운 좋게 한 달 만에 4쇄를 찍었다.
'오늘 저자 사인회에 얼마나 많은 사람들이 와줄까?'
'사람이 너무 없으면 망신인데 어떡하지?'
평생 처음 해보는 사인회. 그것도 내가 그토록 바랐던 교보문고에서
하게 됐다. 내 머릿속은 온통 사람들이 얼마나 올지에 쏠려 있었다.
평소 서점에서 유명 저자들이 사인회 하는 것을 보고 무척 부러워했는데
내가 그 자리에 앉게 되었다. 꿈같은 현실이 나에게 일어난 것이다.
그런데 사인회 전날 후배와 사무실 옥상에서 야경 사진을 촬영하다가
미끄러졌다. 얼굴을 일곱 바늘이나 꿰맨 큰 사고였다. 하루가 지나니
눈가에 멍이 들고 부어올라 보기가 싫었다.
상처를 감추기 위해 할 수 없이 모자를 쓰고 사인회를 해야 했다.
'내 평생 첫 사인회를 이런 식으로 하다니⋯⋯.'

어디를 가도 생전 떨리지 않던 내가 그날만큼은 무척 떨리고
쑥스러웠다. 게다가 사람이 얼마나 와줄지 모르는 상황이라 마음이
편치 않았다. 약속된 시간보다 일찍 서점으로 향했다. 서점에 도착하니
입구에 하얀 책상이 놓였는데, 그 위에 내 책이 가득 쌓여 있었다.
책상 뒤로는 내 사진이 찍힌 현수막이 걸려 있었다.
내 이름이 걸린 현수막을 보는데 왜 그렇게 쑥스럽고 떨리던지.
드디어 사인회가 시작되었다. 시작 전부터 모여든 사람들이 계단 위로
길게 줄을 섰다. 걱정했던 것과는 달리 많은 사람들이 찾아와 주었다.
사인할 때 독자의 얼굴을 보고 인사하면서 사인을 해야 하는데
나는 너무 떨리고 쑥스러워서 사람들의 얼굴을 제대로 볼 수 없었다.
게다가 지나가는 사람들이 쳐다보며 한마디씩 툭툭 던지는 말이 나를
더욱 주눅 들게 했다.
"저 사람 누구야?"
"유명한 사람인가 봐."
서점과 출판사에서는 사인회 시간을 30분 정도로 예상했는데 사람들이
생각보다 많이 와서 1시간 30분이나 걸렸다. 출판사에서 처음에는
독자들에게 말도 시키면서 사인을 하라고 하더니, 줄이 길어지자
빨리빨리 사인만 하라고 재촉했다. 내가 모자를 쓴 채 쑥스러워 고개도
들지 못하고 사인만 하자, 어떤 사람들은 서운했던지 작가가 건방지다는
글을 블로그에 남겼다. 나는 글을 쓴 사람에게 그날 왜 그랬는지 이유를

설명하고 미안하다는 글을 남겼다. 오해를 풀고 오히려 자기가
미안하다며 사과했다.

서점에서는 사인회 날에만 약 300권 이상의 책이 팔렸다고 했다.
그해 교보문고에서 열린 사인회 중에서 두 번째로 많이 팔린 책이라는
말에 뛸 듯이 기뻤다. 찾아와 준 독자들에게 말할 수 없이 고마웠다.
내 책을 사랑해준 그들에게 나도 조금이나마 보답을 하고 싶었다.

독자 15명이 모여 책을 출간하다

'내가 해줄 수 있는 게 무엇일까?'
곰곰이 생각하다 그분들에게도 책을 낼 수 있는 기회를 주자고
마음먹었다. 아마추어 사진가들이 책을 낸다는 것은 큰 행복임을
누구보다 잘 알았기 때문이다.
"정말 가슴이 설레고 기대가 됩니다."
"저도 꼭 동참하고 싶습니다."
"이런 기회가 오다니 믿을 수가 없어요. 제 사진을 책으로 낼 수
있다니……."
나의 제안에 생각했던 것보다 훨씬 많은 사람들이 뜨거운 반응을
보이며 좋아했다. 사진을 좋아하고 관심 있는 독자 가운데 열다섯 명이

모여서 책을 출간하기로 했다. 회사원, 사업가, 디자이너, 학생 등 다양한
직업을 가진 사람들이 사진이란 공감대로 모일 수 있었다.

책 출간과 함께 전시회를 열기로 하고 작업을 진행시켰다. 가장 먼저
자신이 찍은 사진 가운데 일부를 선택하는 작업을 시작했다.

수많은 사진 중에서 몇 장을 고르는 일은 힘들었다.

"수없이 셔터를 눌렀지만 막상 책에 실을 만한 사진 한 장 고르기가
쉽지 않네요."

"그간 아무 생각 없이 사진을 찍었던 것 같아요."

처음에는 단지 책을 내고 전시회를 한다는 기쁨과 설렘으로 시작했는데
작업을 하면서 스스로 자신을 돌아보며 반성하기도 했다.

"이제는 사진 한 장을 찍더라도 좀 더 생각하면서 찍어야겠어요."

그러면서도 그들에게 그 시간이 무척이나 행복하고 즐거웠으리라는
것을 나는 안다.

"이 작업을 하는 동안 너무 행복해서 잠을 못 잤어요."

책에 실을 사진이 모두 준비되자 내가 직접 출판사를 섭외하고 디자인도
했다. 이윽고 책이 출간되었고, 같은 날 홍대 앞에 있는 '크세쥬'라는
갤러리에서 〈감동이 오기 전에 셔터를 누르지 마라〉는 타이틀로
사진전시회를 열었다.

다른 사람의 전시회를 다니다가 막상 자기 사진을 전시할 때의 감동은
무엇으로 표현하기 어렵다. 또한 비록 자신만의 이름으로 만들어진 책은

아니지만 책에 사인할 때의 기쁨과 행복 역시 크다.

"정말 행복해요."

전시회 첫날 여자 후배가 자기 사진이 실린 책을 들고 계단에 앉아 울고 있었다. 자기 이름이 쓰인 책, 자기 사진이 걸려 있는 전시장을 보면서, 그리고 누군가가 자기가 찍은 사진 앞에 서서 감상하는 모습을 보면서 그렇게 가슴이 뛰더라는 것이다. 자기도 모르게 눈물이 흘러 밖으로 나왔다고 했다.

갑자기 내 마음도 같아지는 것을 느꼈다. 나는 조용히 어깨를 다독이면서 자리에서 일어섰다.

'감동이란 무엇인가?'

'살아가면서 자기 자신에게 감동 받을 수 있는 기회는 몇 번이나 될까?' 스스로에게 질문을 던지면서 나는 내가 가야 할 또 하나의 길을 생각했다.

누군가에게 도움이 되고, 무언가를 해줄 수 있다는 것은 분명 행복한 일이다.

이 작업은 사진을 좋아하는 사람들에게 직장인으로서 생활사진가로서 행복감을 맛보고 새로운 에너지를 얻게 해주는 기회였다. 당시 작업에 참여했던 두 분은 지금 사진작가로 활동하고 있다.

카메라를 바닥에 던지고 싶었다

2005년 봄이었다. 동료 사진작가가 양수리 갤러리에서 사진전시회를
열었다. 갤러리에 들러 사진전을 보고 돌아오는데 바로 그 작가에게서
전화가 왔다. 그는 자신이 기대했던 것보다 반응이 시원찮다고
불평했다.

"이번에는 겨우 몇 천만 원어치밖에 못 팔았어. 에이, 생각보다 많이
안 팔리네."

그는 자기 사진이 몇 천만 원어치밖에 안 팔렸다고 볼멘소리를 했는데,
나는 어떠한가! 나는 전날 전기요금을 내지 못해 전기마저 끊긴
상황이었다.

갑자기 내 처지가 서글퍼졌다. 길을 가다 말고 양수리 두물머리에 차를
세웠다. 그때까지 나는 책을 일곱 권 출간한 상태였다.

나름대로 열심히 살아왔다고 생각했는데 현실은 아무것도 나아지지
않았다.

'과연 희망은 있는 것일까?'

앞으로 얼마나 더 많은 시간을 이렇게 견디며 살아야 하는지 미래가
막막하게 느껴졌다.

'내가 왜 이 짓을 하고 있을까? 대체 사진이 뭐라고……'

전기요금도 못 내고 휴대폰도 끊긴 내 처지가 너무 한심했다.

"야, 사진 때려치우고 우리 공장에 와서 공장장이나 해라."

며칠 전 친구도 나를 보고 딱하다는 듯 이렇게 말했다.

'나름대로 열심히 살았는데 이게 뭐지?'

세상에 대한 원망, 환경에 대한 원망이 솟아났다.

'그래, 다 관두자.'

자동차 문을 열고 카메라를 바닥에 던져 부숴버리고 싶었다. 마침 바로
앞에 주유소가 있었다. 차에서 내려 주유소로 걸어 들어갔다.

"저어, 여기서 아르바이트를 하고 싶은데요."

다음 날부터 주유소에서 시간당 3,500원을 받고 일하기로 했지만
마음은 한없이 착잡했다.

'그래, 이제 더 이상 사진을 안 찍을 거야.'

스스로에게 다짐을 하는데 자꾸 눈물이 나왔다. 창밖을 내다보며
흘러가는 강물만 하염없이 바라보았다. 어느새 해가 기울면서 엷은 노을
아래 한 그루의 목련나무가 강물에 비쳐 고적하게 젖어들고 있었다.

'아, 진짜 아름답다.'

순간 나도 모르게 카메라를 들고 차에서 내렸다. 눈물이 채 마르지 않은
눈에 카메라를 갖다대고 정신없이 사진을 찍기 시작했다.

이 서글픈 상황에서도 셔터를 눌러대는 나를 보면서 생각했다.

'아, 나는 결국 사진쟁이일 수밖에 없구나.'

교도소에서 온 편지

양수리 강물에 내 한심한 처지를 쏟아 붓고 돌아왔는데 집 앞 편지함에
하얀 편지봉투가 꽂혀 있었다. 오랜만에 받아본 친필로 쓴 편지였다.
그런데 봉투의 발신자주소 칸에 적힌 글씨를 보고 깜짝 놀랐다.
'군산교도소' 가슴이 덜컥 내려앉았다.
'교도소라니!'
'나를 잡으러 오겠다는 것인가.'
신용불량자였던 나는 교도소에서 나를 잡으러 오겠다고 보낸 통보일까
하는, 말도 안 되는 걱정을 하면서 떨리는 손으로 급하게 봉투를 뜯었다.
그 편지는 30대 남자가 쓴 것이었다. 편지의 내용은 대충 다음과 같았다.

신미식 선생님께
교도소에서 우연히 선생님의 『고맙습니다』라는 책을 선물 받았습니다.
제가 세상을 원망하고 있을 때 그 책을 읽게 되었는데, 그 책을 다 읽고
난 후에도 몇 번을 더 읽었답니다. 그런데 자꾸만 자꾸만 눈물이 났습니다.
그러면서 세상에 대한 원망이 녹아지더군요.
선생님의 책을 읽고 세상에 나가면 열심히 살아야겠다고 생각했습니다.
신미식 선생님, 앞으로도 사진을 오래오래 찍어주십시오.
- 갇힌 자 ○○○

친필로 쓴 한 통의 편지가 나를 감동시켰다.

'난 참 행복한 사람이다.'

'어떤 작가가 이런 편지를 받을 수 있겠는가.'

그 순간만큼은 세상의 잘나가는 작가가 부럽지 않았다. 그동안 부끄럽게
생각했던 내 사진과 나 자신이 모두 회복되는 날이었다. 그런데 며칠
뒤 또 구치소에서 편지가 왔다. 이번에는 영등포구치소였다.
나의 책을 읽고 감동을 받았으며 지금은 잘못해서 그곳에 와 있지만
앞으로는 착하게 살고 싶다는, 이전에 받은 편지와 비슷한 내용이었다.

선생님 덕분에 세상의 아름다움을 알게 되었습니다.
세상이 아름다워서 더 열심히 살고 싶은 마음이 들었습니다.

'하필 모든 걸 포기하고 다 때려치우고 싶을 때 이런 편지를
받다니…….'
능력 있는 사람이 아니라 가장 힘들고 인생의 밑바닥을 겪어본 사람들이
보내온 편지였기에 부담감과 책임감이 더했다.

집 앞에 김치를 놓고 간 아줌마

나는 편지를 몇 번이고 읽고 또 읽으며 속으로 되뇌었다. 나도 그들처럼 교도소에 갈 수 있는 사람이고 빚도 지고 있다. 아마 나보다 더 잘난 사람들이 이런 말을 했다면 도리어 반감을 가졌을지 모른다. 그러나 가장 가난하고 힘들고 버려진 사람들이 보낸 편지였기에 내 마음이 무거웠다. 그리고 이분들이 책을 통해 세상을 바라본다는 사실은 내게 책임감과 사명감으로 다가왔다. 편지에 적힌 글은 내게 더 열심히 살라는 말로 들렸다. 결국 교도소에서 보내온 편지는 내가 사진을 포기할 수 없는 가장 큰 이유이자 힘이 되었다.

'힘들어도 열심히 하자.'

한번은 외출해서 집에 막 들어오는데 전화벨이 울렸다.

"선생님, 제가 문 앞에 김장김치를 놓고 왔어요."

유방암 수술을 포함해 너덧 번 수술을 했다는 한 아주머니가 울면서 말했다.

"그동안 삶을 포기하고 싶을 정도로 힘들고 고통스러웠어요. 그러다 우연히 선생님 책을 읽게 되었어요. 이후 선생님의 책을 모두 샀습니다. 그리고 살아야 할 이유를 알았습니다."

좋은 공기를 찾아 이곳에 와서 힘들 때마다 책을 읽는다고 했다. 그러면서 자신이 글을 읽고 감동 받은 것은 법정스님 책과 나의 책

두 권이라고 말했다.

"선생님, 아무리 힘들어도 제발 사진을 포기하지 마세요."

누군가에게 희망이 된다는 것은 분명 행복한 일이다. 그런 존재가
되어가면서 나는 스스로 포기하지 않아야 하는 이유를 알게 됐다.
아니, 포기하면 안 되는 이유가 나에게 분명히 존재한다는 사실이 나를
일으켜 세웠다. 나는 10년을 신용불량자로 살았고 5년은 주민등록이
말소된 상태로 지냈다. 지지리 궁상스럽게 살았지만 나의 사진과 글이
많은 사람들에게 희망을 준다는 사실 자체가 내게는 희망이었다.
주말에는 민박을 하러 온 손님들과 함께 지냈고 주중에는 주유소에서
기름을 넣으면서 열심히 일을 했다.

"이게 내 인생의 중요한 경험이 될 거야!"

어차피 하는 일, 이왕이면 인사도 열심히 하고 즐겁게 일을 했다.
그러다가 주유소에서 시간당 3,500원짜리 일을 하는 것보다 일당
10만 원을 받을 수 있는 공사장 일을 하는 게 좋겠다는 생각을 했다.
그것도 일찍 나가야 일자리를 구할 수 있기에 새벽 5시에 서울역 앞에
있는 인력시장으로 나갔다. 공사장에서 짐 나르는 일을 하며
일당 10만 원을 받았는데 이튿날 일이 또 있으면 근처 찜질방에서
잠을 자고 새벽에 일을 나갔다. 당시 서울역 찜질방이 나의 단골
숙소였다. 그렇게 일을 해서 모은 돈으로 틈틈이 여행을 가고 사진도
찍었다. 여행이 끝나면 다시 공사장의 잡부로 돌아와 일을 했다.

카메라가 없으면
마음으로 찍는다

사진을 찍을 수 없으니 그것들을 더 많이
바라보게 되었고 더 많은 생각을 할 수 있었다.

한 점도 팔리지 않은 사진 전시회

2005년 봄에 남미 여행을 다녀와서 『고맙습니다』라는 책 출간과 함께
〈페루 전시회〉를 열었다. 그것을 계기로 마다가스카르 항공사
담당자에게서 연락이 왔다.

"이번에 저희 항공사에서 마다가스카르 홍보를 하는데 함께 가주실 수
있습니까?"

그는 여행사와 신문사 기자들이 함께하는 홍보여행에 내가 동참하기를
원했다. 아프리카 대륙의 동남쪽, 저녁노을이 오렌지색과 보라색으로
뒤섞여 몽환적 판타지를 보여주는 나라 마다가스카르를 여행하게
되었다. 아프리카를 여행하는 것이 내겐 처음이었다.

한 번도 가보지 못한 그 땅에 발을 딛는다는 것만으로도 나는 심장이
뛰었다. 그동안 많은 나라를 여행했지만 마다가스카르 여행은 나에게
있어 새로운 세상을 향한 또 한번의 도전이었다.

마다가스카르는 내가 생각한 것 이상으로 많은 감동이 있는 나라였다.
그곳에 사는 사람들에게서 느껴지는 인간적인 모습들, 그리고 아름다운
풍광. 마치 꿈나라를 여행하듯 나는 그 나라에 깊이 빠져들었다.

마다가스카르에서 돌아오고 얼마 후 현대백화점 갤러리에서 전시회
요청이 있었다.

'현대백화점 갤러리에서 나를 알고 전시회를 요청하다니!'

'아, 드디어 내가 떴구나!'

나는 교만했다. 내가 유명해졌다고 생각했다. 마침 마다가스카르에
다녀오고 나서 관련 책을 준비하고 있던 참이라 사진전도
마다가스카르를 주제로 해야겠다고 마음먹었다.

'마다가스카르' 책은 영문번역이 함께 들어가도록 작업을 진행했다.
이 책을 마다가스카르 사람들이 볼 수 있도록 나눠주고 싶었기
때문이다. 전시회를 준비했는데 액자와 프린터 비용이 많이 부족했다.
내가 가진 건 카메라뿐이었다. 고민 끝에 카메라를 팔아 비용을
충당했다.

'전시회만 끝나면 이 모든 비용이 충분히 채워질 거야.'

잔뜩 기대에 부풀어 액자와 프린터를 최고급으로 하는 등 최선을 다해서
준비했다. 한 달간 전시회를 열었는데 수없이 많은 사람들이 다녀갔다.
마다가스카르 아이들의 순수하고 천진한 눈망울과 황금 같은 웃음이
담긴 사진 앞에서 수많은 사람들이 발걸음을 멈추고 한없이 들여다보며
감동하고 좋아했다. 그러나 사진은 단 한 점도 팔리지 않았다.

'아, 사진은 안 팔리는 것이구나.'

사람들이 좋아하는 것과 팔리는 것은 다르다는 것을 그때 처음

깨달았다. 전시회를 마치고 그간 전시했던 액자를 모두 걷어 트럭에 실고 나오는데 이루 말할 수 없이 허탈했다. 누구에겐지 모를 배신감이 느껴졌다.

'카메라까지 팔아서 전시회를 했는데 결국 한 점도 안 팔리다니……'

하 얀 봉 투 를 들 고 온 경 찰 관

전시회는 그렇다 해도 카메라까지 팔아버렸으니 당장 사진조차 찍을 수가 없었다. 아름다운 장면을 봐도 사진을 찍을 수 없으니 답답했다. 돈이 없으면 사고 싶은 게 많듯이 카메라가 없으니까 도처에 찍고 싶은 것뿐이었다. 강가의 물안개는 왜 그리 자주 피고, 꽃은 왜 그리 아름답게 피는지, 모든 게 더 아름다워 보였고 더 간절하게 다가왔다.

처음에는 사진을 찍지 못하는 것이 안타깝기만 했는데, 어느 순간부터 그것들을 마음에 담기 시작했다. 사진을 찍을 수 없으니 그것들을 더 많이 바라보게 되었고 더 많은 생각을 할 수 있었다. 그러자 무엇이 진짜 아름다운 것인지 알게 되었고 무엇을 찍어야 하는지도 그때 알게 되었다. 카메라 렌즈로 볼 수 없었던 것들을 마음의 렌즈를 통해 보기 시작하니, 보이지 않았던 것들이 보이고 깨닫지 못했던 것들을 깨닫게 된 것이다. 카메라가 없어서 찍지 못한 것들은 사라지는 것이 아니라 오히려 내 안에 '각인'되어 남았다.

어느 날 경찰관 한 분이 양수리 집으로 찾아왔다. 사진을 좋아한다던
그분은 나와 이런저런 이야기를 나누다 돌아갔다. 그가 돌아가고 난 후
책상 위를 보니 하얀 편지봉투가 놓여 있었다. 봉투 속에는 짤막한
편지와 함께 현금 100만 원이 들어 있었다.

선생님, 제가 카메라를 사려고 몇 개월 동안 모은 돈입니다.
그러나 정작 카메라가 필요한 사람은 제가 아니라 작가님이신 것 같습니다.
계속해서 좋은 사진을 찍어주십시오.

한동안 손에서 편지를 놓을 수가 없었다. 몇 개월 동안 모은 귀한 돈을
선뜻 내게 놓고 간 그분의 마음 앞에서 내가 할 수 있는 것은 오로지
좋은 사진을 찍는 일뿐이었다. 교도소에서 온 편지를 받았을 때처럼
위로와 함께 책임감이 또 한번 내 어깨를 무겁게 했다.
그즈음 한 기업의 직원에게서 전화가 왔다.
"신미식 작가님이시죠? 저희 회장님께서 작가님께 카메라를 사드리라고
말씀하셨습니다."
"카메라요? 회장님이 왜 제게 카메라를?"
"저희 회장님께서 신미식 작가님의 사진을 좋아하시는데 카메라가
없다는 소리를 들으셨는지 그런 지시를 하셨습니다."

직원은 내게 어떤 카메라가 좋으냐고 물었다. 갑작스러운 제안에
당황스러웠다. 이렇게 해서 다시 갖게 된 카메라가 캐논 5D였다.
카메라가 손에 들어오자 날개를 단 것 같았다. 그날부터 날아다니며
사진을 찍기 시작했다. 쉽게 배울 수 없는 소중한 것을 카메라가 없던
시기에 배웠다. 사진에 대해 훨씬 성숙할 수 있었다.

어떤 이에게는 귀찮은 일, 내게는 소중한 일

책이나 전시회를 통해 조금씩 알려지면서 항공사나 여행사 등에서
홍보 투어 제의가 들어오기 시작했다. 무엇보다 내 돈을 내지 않고
여행을 갈 수 있다는 것이 무척 소중하고 감사했다.
그래서 기회가 올 때마다 어디를 가든 열심히 사진을 찍었다.
반면에 다른 기자들은 나와 조금 달랐다. 그들은 늘 하는 일이기에
이런 기회를 소중하게 여기지 않았다. 여행 전문기자들은 여행 가서
사진 찍는 일이 직업이다 보니 그 일을 일종의 노동처럼 생각하고
귀찮게 여겼다.
원 없이 사진 찍어보는 것이 소원이었던 나는 사진 찍는 일이 직업을
넘어선 귀하고 소중한 것이었다. 이것이 다른 기자와 나의
차이점이었다. 그러니 같은 곳을 다녀와도 기자들은 별로 사진이

없었다. 그에 반해 나는 콘텐츠가 많고 다양했다. 누구나 부유하면
소중한 걸 못 느끼는 법이다.

내가 처음 사진을 배울 때 필름 갈아 끼우는 법을 가르쳐준 친구는
아직도 기자다. 어느 사진전에 심사위원으로 갔는데 나를 접대하러 온
사람이 바로 그 기자였다. 더 좋은 조건에 있다고 해서 더 노력하는 것도
아니고, 더 잘되는 것도 아니다. 부족하기 때문에 간절함 속에서 더
노력하는 것이다.

인터뷰 사진을 찍는 프리랜서 일을 할 때에도 느낀 것이 있다.

주로 잡지사의 인터뷰 사진을 많이 찍었는데 가수, 탤런트 등 연예인이
촬영 대상이었다. 영화나 드라마를 새로 시작한 배우나 탤런트, 그리고
신인가수들이 많았는데 그들을 촬영하다 보니 두 부류로 구분이 되었다.
한 부류는 하기 싫은 것을 억지로 하는 사람, 다른 부류는 열정적으로
임하는 사람이었다.

나이 어린 연예인들은 대부분 인터뷰를 몹시 귀찮아했다. 그러나 비록
잘 알려지지 않은 신인이라도 인터뷰에 최선을 다해 응하고 준비해온
사람은 훗날 보면 자신의 일에서도 성공해 있었다.

되돌아보면 지금까지 내 삶 최고의 스승은 부족함과 간절함이었다.
부족했기에 더욱 필요성을 느꼈고, 필요했기에 더 간절하게 노력했던
것이다. 결국 부족함이 도리어 나의 인생을 충만하게 채워준 힘과
원동력이 된 셈이다.

Chapter 2

가난이 내 무기였다

★ 저자는 가난한 집 13남매의 막내로 태어났다. 대학 졸업 후 한동안 직장을 구할 수 없어 부모님 눈치만 보던 그는 단돈 5,000원을 들고 무작정 집을 나왔다. 갈 곳이 없어 노숙자 생활을 했지만 이렇게 살아서는 안 되겠다 싶어 다방 DJ, 술집 웨이터, 주방 일 등 닥치는 대로 일을 했다. 그러면서 전공과 맞는 일을 적극적으로 찾다가 출판사에 디자이너로 취직할 수 있었다.

★ IMF 시기 때 한 동생의 권유로 여행잡지사로 자리를 옮겼는데 3개월 동안 월급 한 번 받아보지 못한 채 회사가 문을 닫게 되었다. 신용불량자가 되는 것은 시간문제였다. 설상가상으로 가장 사랑하는 어머니까지 돌아가시고 말았다.

★ 매일매일 빚 독촉에 시달렸던 저자는 장기매매를 통해 빚을 갚으려고 브로커를 만나기도 하는 등 삶이 극으로 치달았다. 매일 '어떻게 죽으면 편할까?' '무슨 약을 먹을까?' '강물에 빠져 죽을까?' 등 별별 생각을 다하며 살았다. 그렇지만 감당할 시험만 주신다는 성경 말씀을 의지하며 살아갈 힘을 얻었다.

★ 얼마 후 기적처럼 취업이 됐다. 차곡차곡 빚을 갚아 신용불량자의 딱지를 떼게 되었다. 한 후배의 제안으로 연예인 사진촬영 전문 스튜디오를 차려서 함께 운영했는데 일이 정신없이 밀려들었다. 그렇지만 저자는 억지로 연출해서 찍는 가공되고 인위적인 사진보다 일상적이고 자연스러운 모습을 찍고 싶었다. 어떤 물질적 풍요도 길 위에서 사진을 찍을 때만큼 마음을 채워주지 못했다.

★ '여행하면서 사진만 찍으며 살리라.'고 생각한 저자는 양수리로 집을 옮겼다. 그런데 이사 오기 직전에 후배에게 신용카드 대출을 해준 것 때문에 또 다시 신용불량자 신세가 되었다. 양수리에서 두문불출하며 우울하게 지냈지만 '신미식의 사진이야기'라는 저자의 블로그를 통해 독자와 소통을 시작했다.

★ 그동안 책을 일곱 권 출간했고 나름대로 열심히 살아왔지만 세금을 내지 못해 전기도 끊겼고 휴대폰도 끊겼다. '내가 왜 이 짓을 하고 있을까? 대체 사진이 뭐라고.' 세상에 대한 원망이 솟아났다. 그러던 중 교도소에서 저자의 사진과 책을 보고 열심히 살아야겠다는 결심을 하게 됐다는 내용의 편지가 왔다. 너무 힘이 들어 포기하고 싶을 때 저자는 자신이 누군가에게 희망이 된다는 것을 깨닫게 되었다.

03

사진으로 이룬 꿈

꿈이 있다면 나눠야 한다.

꿈을 나누면 이루어질 확률이 두 배가 된다.

꿈을 나누었더니 길이 열렸고 지금도 그 꿈이 이루어지고 있는 중이다

바오밥 나무가 있는
동화의 섬 마다가스카르

'이제까지 45년을 살았는데
나머지 삶은 여기에서 살고 싶다.'

마다가스카르는 어디에 붙어 있는 나라야?

한 장의 사진이 운명을 결정지을 때가 있다. 나에겐 마다가스카르라는
나라가 그랬다. 마다가스카르는 운명을 바꾸는 계기가 된 곳이다.
지금까지 약 80개국 이상을 여행하며 돌아다녔는데 그중 어느 나라가
가장 기억에 남느냐고 질문하면 나는 서슴없이 '마다가스카르'라고
대답한다. 사람들을 만나고 그들의 눈동자를 카메라에 집중적으로
담기 시작한 때가 마다가스카르를 여행할 때부터였으니까 말이다.
사람의 눈이 얼마나 아름다운 것인지 깨닫게 해주었던 마다가스카르
사람들. 그리고 동화 속에서만 존재할 것 같은 바오밥 나무.
잔잔한 바다 위를 떠다니는 조각배. 모든 것이 동화의 나라에 와 있는
듯한 착각에 빠지게 하는 나라였다.
마다가스카르는 내게 기억에 남는 사진들을 선물했다. 백 번 넘게
출입국 도장을 찍으며 세계 각국을 돌아다녔지만 그토록 가슴으로 와
닿은 곳은 없었다. 2년 동안 그 먼 길을 마다않고 다섯 번을 다녔던
이유는 마다가스카르에서 얻은 기쁨과 행복이 너무도 컸기 때문이다.
처음 마다가스카르 항공사의 담당자에게서 홍보여행을 제안받았을 때

나는 마다가스카르가 어디 있는지조차 알지 못했다. 출발하기 전에
인터넷을 뒤져 마다가스카르에 대해 조사해보니 나라 이름 외에
국가정보는 한두 줄이 전부였다. 사진 한 장, 지도 한 장 나와 있지
않았다. 많은 나라를 여행했지만 그동안 아프리카는 한 번도 가보지
못했다. 아니, 아프리카에 대해서 전혀 관심이 없었다는 말이 더 맞다.
아프리카는 그저 막연하게만 느껴지던 대륙이었다.
'도대체 이 나라는 어디에 붙어 있는 거야?'
혼자 중얼거리며 지도를 찾아보니 아프리카 동쪽에 위치한 섬나라였다.
섬이라고는 하지만 규모는 한반도의 여섯 배나 될 만큼 컸다.
세계에서 네 번째로 큰 섬이라고 했다.
'과연 어떤 사람들이 살고 있을까?'
'텔레비전에서 흔히 본 아프리카의 황량한 모습일까?'
많은 것이 궁금했지만 어디에서도 궁금증을 풀어낼 방법이 없었다.
마다가스카르의 수도는 안타나나리보다. 수도의 이름도 처음 들어보는
생소한 나라였다.

첫 인 상 이 전 혀 낯 설 지 않 았 던 도 시

인천공항을 출발해 열네 시간 만에 안타나나리보 공항에 도착했다.

공항에 도착한 순간 내 눈을 의심했다.

'공항이 이렇게 작을 수가!'

밖으로 나오자 뜻밖의 광경에 다시 한번 놀랐다. 마다가스카르는
아프리카라기보다는 유럽 같았다. 프랑스의 영향을 받은 아름다운
건물들이 도시를 고풍스럽게 수놓고 있었다. 상상한 것보다 훨씬 멋진
이 도시가 이상하게도 낯설지 않았다. 색 바랜 건축물 사이로 보이는
파란 하늘과 뭉게구름이 아름다웠다. 공항에서 빠져나와 10분 정도
가다 보니 오른쪽으로 길게 둑길이 펼쳐졌다. 이른 아침 빨래통을
머리에 이고 둑길을 따라 빨래하러 가는 아낙네들의 행렬이 이어졌다.
그 옆에는 꼬마들이 양동이를 들고 엄마를 쫓아가고 있었다.

'아, 빨래통.'

순간 어릴 때 빨래하는 어머니를 따라다녔던 기억이 떠올랐다.
꼬마 녀석들이 마치 어린 시절의 나를 보는 것 같았다. 양동이를 이고
엄마 옆을 따라가는 꼬마는, 언제나 어머니 치맛자락을 붙잡고 다니던
어린 시절의 내 모습이었다. 어린 시절이 떠오르자 갑자기 이곳이
고향처럼 느껴졌다. 이국적이지만 전혀 낯설지 않은 풍경이었다.
우리와는 아주 멀리 떨어진 아프리카, 이름도 생전 처음 들어보는
낯선 나라 마다가스카르에서 아이러니하게 돌아가신 어머니와의
추억이 떠올랐다. 순간 나도 모르게 펜을 들고 메모를 하기 시작했다.
여행할 때는 거의 메모를 하지 않는 내가 종이를 꺼내 단숨에 이렇게

적었다.

'이제까지 45년을 살았는데 나머지 삶은 여기에서 살고 싶다.'

"와, 무슨 나무가 저렇게 생겼지?"

차를 달려 어느 바닷가 마을에 도착했는데 생전 처음 보는 나무가
나타났다. 한동안 넋을 잃고 바라보았다. 잠시 후에야 그것이
바오밥 나무라는 것을 알게 되었다. 말로만 들었던, 『어린왕자』에 나오는
그 나무였다. 나중에서야 그곳이 '모론다바'라는 바닷가 마을에 있는
'바오밥 나무 거리'라는 것을 알게 되었다. 항공사 직원도 그곳에 바오밥
나무가 있는 줄은 몰랐다고 했다. 나는 정신없이 셔터를 눌러댔다.
여행자의 행복은 바로 이런 데서 온다. 마다가스카르는 처음부터 내게
행복과 감동으로 다가왔다. 그러나 이것은 시작이었다.
이튿날 이른 새벽에 산책하기 위해 숙소를 나와 바닷가로 나갔다.
바다를 보는 순간 내 입에서 절로 탄성이 새어나왔다.

'아!'

동이 터오는 잔잔한 바다 위에 수십 마리의 나비들이 떠 있었다. 자세히
보니 그것은 나비가 아니라 황포돛배였다. 아주 작은 배들이, 두 명이
타는 누런 조각배가 고기를 잡기 위해 바다 위에 동동 떠 있었다.
'어떻게 저런 배로 고기를 잡을 수 있지?'
'저건 나비지, 배가 아니야.'

너무 신비로웠다.

'지구상에 이런 세상이 존재한다니!'

바다 위에 떠 있는 수십 마리의 나비들은 내 인생에서 가장 신비로운
장면이었다. 그날 오후 우리 일행은 다시 바오밥 나무 거리에 갔다.
나뭇가지 사이로 석양빛을 받은 바오밥 나무는 더욱 신비롭고
아름다웠다.

'아, 이 나라는 정말 동화 같구나.'

2주 동안 그곳을 여행했지만 나만을 위한 여행이 아니었기에 사진을
찍고 싶은 곳이 있어도 마음대로 찍을 수가 없었다. 봉고차를 타고

달리다가 나 때문에 차를 세우라고 하기가 미안하고 눈치가 보였다.
도처에 찍고 싶은 것투성인데 찍을 수가 없으니 안타깝고 답답했다.

'아이들에게 영화를 꼭 보여주리라!'

모든 일정을 마치고 한국에 돌아온 후에도 내 머릿속에는
마다가스카르에 대한 생각이 잠시도 떠나질 않았다. 그곳의 모든 것이
눈에 아른거렸다. 참다못해 다시 마다가스카르 항공사를 찾아갔다.
"마다가스카르에 다시 가고 싶습니다. 저를 그곳에 한번 더
보내주십시오."
"다시 가려고 하는 특별한 이유라도 있나요?"
"네, 마다가스카르에 대한 책을 내고 싶습니다."
나는 마다가스카르를 방문했을 때의 감동을 설명하며 다시 한번
보내달라고 담당자를 설득했다.
"한번 알아보겠습니다."
다행히 며칠 후 항공사로부터 보내주겠다는 연락이 왔다. 그래서 15일
만에 다시 마다가스카르에 가게 되었는데 항공사는 차량, 가이드,
호텔까지 모두 제공해주었다. 이번에는 모든 행로를 자동차로 움직였다.
육로로 가니 내가 원하는 대로 아이들도 직접 만나고 사람들 사는

모습도 가까이서 볼 수 있어서
좋았다. 방문했던 여러 마을
중 '칭기'라는 곳은 내게 또 다른
감동으로 다가왔다. 유네스코
문화유산으로 지정된 이곳은
전기도 안 들어오는 산골

오지였는데, 그곳에서 1시간 30분가량 암벽등반을
하다시피 올라갔더니 세상에서 처음 보는 풍경이 나타났다.
바다가 솟았다는 뾰족뾰족한 돌산들이 100킬로미터가량 펼쳐져
있었는데 깊이가 100미터가 넘었다.

이곳을 방문한 한국인은 내가 처음이라고 했다. 칭기마을을 돌아보던 중
헝겊으로 만든 공을 차고 노는 아이들을 만났다. 나도 그 아이들과
한데 섞여 공을 찼다. 나는 워낙 아이들을 좋아해서 가는 곳마다
아이들과 쉽게 친해지는데, 이곳의 아이들은 그전까지 만나왔던
아이들과는 사뭇 달랐다. 유독 눈빛이 유리처럼 맑고 투명해서
그 눈동자에 내 얼굴이 투명하게 비쳤다. 나는 천진하고 투명한 아이들
눈 속에 비친 나를 바라보며 동심의 세계로 빠져들었다.
그때 한국에서는 애니메이션 〈마다가스카르〉가 인기리에 상영
중이었다. 나는 아이들에게 물었다.
"얘들아, 너희들 혹시 영화 〈마다가스카르〉라고 있는데 그거 알고

있니?"

모두들 모른다고 고개를 흔들었다. 자기 나라에 대한 영화임에도 정작 본인들은 모르고 있다는 게 안타까웠다. 그 아이들은 영화가 무언지조차 모르고 있었다. 전기도 들어오지 않는 오지, 칭기에서의 여행을 마치면서 나는 다짐했다.

'다음에 올 때는 영화 한 편 못 본 이 아이들에게 영화를 보여주리라.'

그곳에 있는 학교도 방문했다. 해맑은 아이들이 공부하고 뛰노는 모습을 사진에 담아 그들에게 보여주고 싶었다. 아이들 개개인뿐만 아니라 단체사진과 가족사진도 찍어주고 싶었다. 그래서 학교를 떠날 때 교장선생님께 약속했다.

"다음에 올 때는 제가 사진을 찍어드리겠습니다."

마다가스카르의
천사들과 꿈을 나누다

- '영화를 보여주기 위해 이곳에 왔지만
내가 더 큰 감동을 받게 될 줄이야……'

30박스가 넘는 후원품

다녀온 지 5개월밖에 안 됐는데 또다시 마다가스카르에 가고 싶었다.
까만 얼굴 사이로 하얀 치아를 드러내놓고 미소 짓는 사랑스러운
아이들이 보고 싶었다. 그저 길에서 마주친 아이들이 아니었다.
어깨를 비비고 눈빛을 나누며 서로의 감정을 교환한 아이들이었다.
자지러지듯 웃는 아이들의 웃음소리가 나를 자꾸만 그 땅으로
끌어당겼다.

10월경에 다시 마다가스카르를 방문하기로 결심했다.

이번에는 그냥 가는 게 아니라 구체적인 계획을 세우기로 했다.

'내가 그 사람들에게 해줄 수 있는 일이 뭘까?'

마다가스카르에 있는 시골 학교에 들렀을 때 아이들이 헝겊으로 만든
공을 가지고 놀던 모습이 떠올랐다. 운동장에서 헝겊에 고무줄을 칭칭
묶어 만든 낡은 공을 차던 아이들에게 공을 갖다 주면 얼마나 좋아할까
하는 생각이 들었다.

'그래, 아이들에게 필요한 것을 가져다주어야겠다.'

옷과 모자, 축구공, 슬리퍼와 운동화, 학용품 등등…… 막상 준비하다

보니 가져갈 게 한두 가지가 아니었다. 혼자 힘으로 하는 데에는
한계가 있었다. 곰곰이 생각하다 나의 블로그에 뜻을 같이 할 사람을
모집하기로 했다.

"마다가스카르 여행에 동참하실 분을 찾습니다."

이번 여행의 뜻을 밝히고 광고를 했더니 이튿날부터 물품들이 쏟아져
들어오기 시작했다. 축구공, 농구공, 배구공, 핸드볼 공은 물론 옷과 샌들,
슬리퍼 등 후원자들의 후원금과 물품이 1톤 트럭을 가득 채우고도
남았다. 내가 원주민들에게 영화를 보여주고 싶다고 했더니
어떤 후원자는 광목을 떠서 직접 스크린을 만들어 오기도 했다.

300여 개의 공과 1,000여 벌이 넘는 옷으로 30박스가 넘는 후원품이
모였다.

'아, 사람들은 누구나 이런 일을 하고 싶은데 기회가 없어서 못하는
것이구나.'

아직도 세상은 따뜻하고 살 만한 곳이었다.

10월, 드디어 후원자 열다섯 명과 함께 마다가스카르로 출발했다.
함께 간 사람들은 20대부터 50대까지의 직장인, 학생, 주부 등 다양했다.
아이들이 기뻐할 것을 생각하니 출발 전부터 가슴이 두근거렸다.
지난번 마다가스카르를 방문했을 때 찍은 사진은 아이들에게
나누어주려고 모두 인쇄했다. 사진 속의 아이들이 어디에 살고 있는지
다 알고 있었으므로 직접 아이들을 찾아가 건네줄 생각이었다.

내가 출간한 『마다가스카르』 책도 챙겼다. 곧 사랑스러운 아이들을 만날 생각을 하니 설레어 비행기 안에서도 잠을 잘 수가 없었다.

마 다 가 스 카 르 에 는   천 사 들 이   산 다

드디어 마다가스카르 공항에 도착했다. 그런데 세관에서 문제가 발생했다.

"이 많은 물건을 가지고 온 이유가 무엇입니까?"

그들은 우리가 이것들을 팔기 위해 가져온 것이라고 의심했다. 세관 직원은 내가 아무리 아니라고 설명해도 믿지 않았다. 세관원과 실랑이를 하다가 결국 세 시간 만에 공항을 빠져나올 수 있었다.

길을 가는 동안 내가 만났던 아이들의 집을 찾아가서 사진을 주고 책도 함께 보여주었다. 그 다음부터는 내가 일일이 집을 찾아갈 필요가 없었다. 차를 세워두고 책을 하나 들고 있으면 자기들끼리 책을 들춰보다가 달려가서 책에 실린 사진의 친구들을 모두 데리고 왔다.

"빨리 이리 와 봐!"

"야, 여기 너 나왔다."

"어디 봐."

이렇게 아이들이 스스로 몰려와서 자기 사진을 찾아갔다. 자신이 실린

책과 사진을 받아든 아이들은 처음 보는 자기 사진 앞에서 소리를
지르고 펄쩍펄쩍 뛰었다. 난리가 났다.

"우와!"

책에 자신의 얼굴이 나오니까 더욱 신기해서 어쩔 줄을 몰라 했다.
각 동네마다 돌아다니며 이런 식으로 사진을 나눠주었다. 또 동네사람
전체가 볼 수 있도록 천으로 뽑은 큰 사진을 걸어놓았다.

숙소에서는 영화상영을 했다. 벽에 스크린을 붙여서 마을사람들을
초대하여 영화 〈킹콩〉을 보여주었는데, 온 동네사람들이 마당에 앉아
큰 화면을 보면서 즐거워했다.

3일째 되던 날에는 모론다바 동네에 도착했다. 바오밥 나무 길을 지나

아프리카 초원을 다섯 시간 동안
달려가면 초원 가운데에 작은 학교가
보였다. 문도 없고 오로지 교실
하나만 덜렁 있는 학교였다.
교실 하나에 교사 한 명,
60명 정도의 아이들이
옹기종기 모여 공부하는
그곳에는 칠판이 하도
낡아서 나무 색깔이
배어나왔다.

교실에 들어가 선생님께 양해를 구하고 아이들을 위해 준비한 축구공과
농구공 등을 나눠주었다. 선생님이 아이들을 호명하면 아이들이 차례로
나와서 공을 받았다. 사진을 보기 위해 몰려든 아이들은 자기 사진을
보고 너무 신기해서 바로 집으로 달려가기도 했다. 아마 부모님께
보여주고 싶었던 모양이다.

이윽고 선물을 받은 아이들이 우리를 가운데 두고 주위를 빙 둘러싸기
시작했다. 그리고 노래를 불렀다. 구슬처럼 크고 맑은 눈망울과 티 없는
웃음을 가진 아이들의 노래는 천상의 소리였고 천사들의 노래였다.
감동이 밀려왔다. 나는 속으로 외쳤다.

'아, 마다가스카르에는 천사들이 산다.'

함께 간 사람들도 아이들의 천사 같은 노래에 취해 눈시울이 젖었다.
우리가 준 것은 아주 작은 것인데 돌아오는 기쁨과 행복감은 무엇과도
비교할 수 없는 큰 것이었다.

별빛 쏟아지는 밤의 영화상영

드디어 마지막 코스이자 이번 여행의 하이라이트인 칭기에 도착했다.
전기도 들어오지 않는 오지마을, 영화 한 편 볼 수 없는 이곳 사람들에게
영화 〈마다가스카르〉를 보여주리라고 다짐했던 곳이다.

마을 공터에 스크린을 설치하기 시작하자 궁금한 듯 아이들이 하나 둘씩 모여들기 시작했다. 그런데 준비한 스피커와 앰프의 용량이 너무 작아서 소리가 잘 들리지 않았다.

'어떻게 해야 하나?'

한참을 고민하고 있는데 마침 다음 날 예정되어 있던 댄스파티를 위해 외지에서 온 공연 팀이 음향설치를 하고 있었다.

가장 큰 고민이 순식간에 해결되었다.

영화를 상영하기 전 틀어놓은 음악에 아이들이 신이 났는지 춤을 추기 시작했다. 그러자 동네 어른들까지 모여들면서 함께 춤을 추었다.

영화가 시작되기도 전에 이미 축제 분위기가 되어버렸다.

아이들의 즐거운 웃음소리가 허공에 울려 퍼졌다. 그들의 행복한 모습을 보며 준비하는 우리도 덩달아 신이 났다.

'행복이란 이런 것인가?'

'보람이란 이런 것인가?'

'영화를 보여주기 위해 이곳에 왔지만 내가 더 큰 감동을 받게 될 줄이야…….'

드디어 영화가 상영됐다. 〈마다가스카르〉와 〈폴리스 스토리〉 두 편을 상영했는데 난생처음 대형 스크린을 통해 보는 영화에 모두가 상기된 표정이었다. 〈마다가스카르〉에 늘 봐왔던 원숭이와 바오밥 나무 등

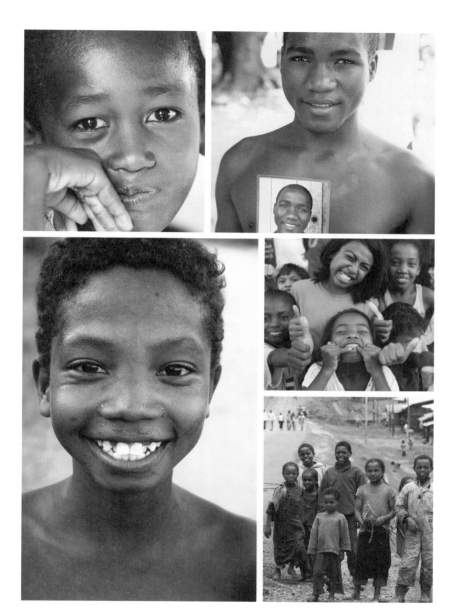

친숙한 장면이 등장할 때마다 다들 신기해서소리를 지르며 즐거워했다.
그들에게는 태어나서 처음 보는 영화였다. 별이 쏟아지는 밤, 반짝반짝
빛나는 눈으로 영화를 보느라 끝날 때까지 한 사람도 자리를 뜨지
않았다. 영화가 모두 끝나자 마을사람들은 우리에게 고맙다는 인사를
하며 한 사람 한 사람을 안아주었다.

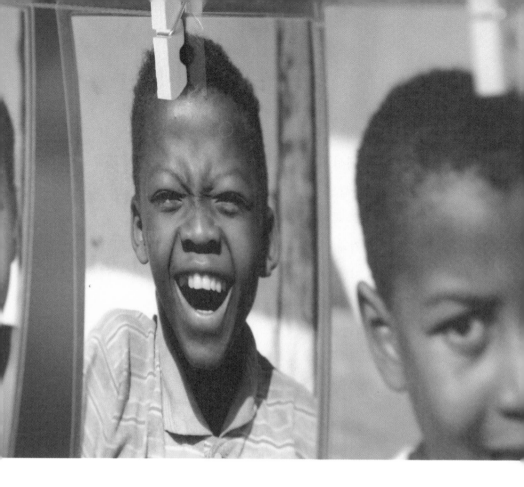

영화 상영을 마치고 다음날 초등학교에서 아이들을 위한 사진 촬영을
했다. 학교에 가니 700여 명의 학생들이 기다리고 있었다. 전교생을
의자에 앉혀놓고 한 명씩 독사진을 찍어주었다. 그리고 밤새 발전기를
돌려 사진을 인쇄했다.
빨래집게와 동아줄을 가지고 학교로 갔다. 교실에 줄을 걸어 사진을

하나씩 나무집게로 걸면서 아이들이 기뻐할 모습을 생각하니 다들 더
이상의 행복이 없다고 했다. 발전기를 돌리고 사진을 걸어놓느라
밤을 꼬박 새운 우리는 마침내 지쳐 쓰러져 깊은 잠에 빠져들었다.
그날 오후 옆 학교에서 요청이 와서 우리는 다시 800명의 사진을
찍어주었다. 마을사람들에게는 가족사진을 찍어 액자에 담아주었다.
금방 찍었는데 바로 액자 속에 자신들의 모습이 담겨 있는 것을 보자
탄성을 지르며 신기해했다. 우리는 아이들에게 한국이란 나라를
알려주고 싶어서 자동차에 'Korea'라는 글씨가 새겨진 스티커를 붙이고
다녔다. 그들에게 한국을 알린다는 것이 뿌듯했다.

꿈을 나누었더니 길이 열렸다

이런 식으로 후원자들과 함께 마다가스카르에 몇 차례 더 다녀왔다.
그곳에 갈 때마다 아이들에게 필요한 선물을 한 아름 가지고 갔지만,
막상 마다가스카르에 도착하면 온통 부족한 것뿐이었다. 교실에서도
안타까운 일이 많았다. 교과서는 한 권뿐이어서 그 안에 전 과목이 다
들어 있었고, 노트도 없어서 개인칠판에 썼다 지웠다를 반복하고
있었다. 제대로 된 책가방 하나 없었다. 처음에는 이들에게 필요한
물품들을 선물로 가져가곤 했는데 어느 순간 생각이 바뀌었다.

'물건도 좋지만 아이들에게 제일 필요한 건 꿈이 아닐까?'

마다가스카르의 아이들에게 꿈을 심어주고 싶은 마음이 들었다.

그러기 위해서는 아이들에게 다른 세상을 보여줘야 했다. 그것은 바로 책이었다. 사진이나 그림이 있는 책을 보여줘야겠다는 생각이 들었다. 아이들에게 로봇 박람회나 음악연주회 사진, 비행기 내부도가 있는 책을 보여줘서 꿈을 키우게 해주고 싶었다. 그리고 마음껏 책을 볼 수 있도록 도서관을 만들어주고 싶었다.

그러기 위해서는 우선 학교에 전기를 설치해야 했다. 아프리카 아이들은 낮에는 부모를 도와 일을 해야 하므로 공부할 수 있는 시간은 저녁밖에 없었다. 아이들이 밤에 공부할 수 있도록 학교에 전기를 들여와 불을 밝혀주는 게 필요했다.

전기요금을 후원하고 도서관을 짓고 운동장을 만들어주고 우물을 파주고……. 생각이 점점 구체적으로 넓혀졌다. 마다가스카르에 갈 때마다 내 생각은 더욱 절실해졌다. 나는 이 일을 본격적으로 준비하기 위해 '마다가스카르 후원의 밤'을 준비했다.

전시회를 할 때마다 나의 꿈을 밝히자 후원자들이 계속 생겨났다. 처음에는 모금액 목표가 1,200만 원이었는데 책까지 협찬 받으면서 계획이 구체적으로 세워졌다. 에티오피아 아이들에게 신발을 나눠주는 사업도 동시에 진행해 나갔다.

맨 처음 나의 계획을 말했을 때 어떤 사람들은 현실적으로 지속

가능하겠느냐고 회의적인 반응을 보였다. 하지만 누군가 시작을 하면
같은 마음을 가진 사람들이 모이기 마련이라는 것을 나는 경험으로
알고 있었다. 세상에는 같은 마음을 가진 사람들이 의외로 많고,
그것이 세상을 함께 살아가는 방법임을 이미 깨달았던 것이다.
꿈이 있다면 나눠야 한다.
꿈을 나누면 이루어질 확률이 두 배가 된다.
꿈을 나누었더니 길이 열렸고 지금도 그 꿈이 이루어지고 있는 중이다.

여행 이상의 의미를 일깨워준 마다가스카르

나는 아프리카의 가난한 나라 마다가스카르에서 여행의 의미를 새롭게
깨우쳤다. 그리고 마다가스카르 사람들에게서 행복해지는 방법을
배웠다. 또 카메라를 들이대기 전에 먼저 친구가 되어야 함도 배웠다.
그 땅의 가난한 아이들은 작은 천사다. 그 천사들과 같이 놀고 같이
웃으며 내가 가진 하찮은 것들을 나누면 그들과 나 모두가 행복해진다.
그 행복에 맞닥뜨릴 때마다 나는 설렌다. 그리고 천천히 카메라를 들고
숨을 죽이며 행복한 사람들의 눈을 들여다본다. 행복과 기쁨을 이렇게
가까이에서 찍기 때문에 사진이 감동을 준다고 생각한다.
여행 중에 사람들을 찍을 때는 대부분 먼 거리의 사람들을 최대한

당겨서 찍는다. 그런데 마다가스카르의 아이들은 내 카메라가 자기들의 장난감인 양 렌즈 안으로 사정없이 들어오려고 한다. 결국 렌즈를 밀어내야 그들의 얼굴을 담을 수 있을 만큼 나에게 다가왔다.

사진가가 이처럼 행복할 수가 있을까? 이런 순간엔 실로 가슴이 벅차오르는 행복감을 느낀다. 여행은 결국 내가 그들 안으로 들어가는 것, 그래서 그들과 하나되는 순간을 만끽하는 것이다.

지금까지 숱한 나라를 여행했지만 이처럼 나를 행복하게 해준 곳은 없었다. 처음엔 이름도 제대로 알지 못했던 나라다. 내가 이들에게 준 것이라곤 카메라에 찍힌 모습을 보여주는 것이 전부였는데도, 아이들은 세상에서 가장 행복한 웃음소리를 나에게 선물했다.

마다가스카르는 어쩌면 심심한 나라일지 모른다. 특별히 유명한 관광지도 없고 깜짝 놀랄 만큼 희귀한 것도 보여주지 않는다. 유명한 것이라면 모론다바의 바오밥 나무 거리 정도다.

그럼에도 마다가스카르에 또 가고 싶도록 만드는 것은 바오밥 나무가 아니라 사람들이었다. 마다가스카르 사람들은 어쩌면 이렇게 바보 같을까 싶을 정도로 친절하고 착하다.

마다가스카르는 내가 다녀본 나라 중에서 가장 착하고 순진한 사람들이 사는 나라다. 마다가스카르에서 100명의 사람들을 만났다면 그중 90명 이상은 나에게 흰 치아를 드러내고 웃으며 인사를 건넸다. 나머지 열 명은 미처 보지 못하고 지나친 사람들이다. 미처 보지 못하고

지나치면 뒤돌아서서라도 인사를 건넬 줄 아는 착한 심성을 가진
사람들이다.
특히 마다가스카르 아이들은 눈빛부터 다르다. 유리질이 훨씬
많아서인지 그들의 눈동자에 내가 고스란히 투영되어 비칠 정도로 맑고
투명하다. 『어린왕자』에 등장하는 바오밥 나무의 섬 마다가스카르는
내게 가장 많은 친구와 행복한 기억을 안겨준 곳이다.

소통의 공간,
갤러리 카페 마다가스카르

카페 자체가 내 목표는 아니었다.
단지 사람들과 소통할 수 있는 장(場)을 만들고 싶었다.

부 담 없 이 사 진 을 걸 수 있 는 전 시 공 간

마다가스카르 여행과 사진 전시회 등을 하면서 양수리에서 몇 년을
보냈다. 그러던 어느 날이었다. 2007년 8월쯤이라고 기억한다.
청파동의 거래처 실장이 식사하는 자리에서 뜬금없이
"작가님은 꿈이 뭔가요?"라고 물었다.
"제 꿈은 갤러리 카페를 차리는 것입니다."
잠시의 머뭇거림도 없이 대답했다. 나는 정말 갤러리 카페를 내고
싶었다. 경제적인 여유가 없어서 마음속으로만 간직하고 있던 때였다.
그러던 차에 꿈이 무엇이냐고 물으니 나도 모르게 갤러리 카페라는 말이
나온 것이다. 그런데 실장은 뜻밖에도 이렇게 제안했다.
"그럼 저희 건물 1층에 카페를 차려보지 않겠어요?"
그 건물 1층은 사진 스튜디오로 사용하고 있었는데 어림짐작으로도
크기가 60평 가까이 되어 보였다. 1층이라서 가격도 만만치 않을
것이었다.
"하하, 저는 그만한 자금이 없습니다. 그저 꿈이죠."
"그럼 제가 우리 회사 건물을 제공할 테니 공동으로 운영해보는 게

어떨까요?"

거래처 실장이 내게 말했다. 회사에서 장소를 제공하는 대신 인테리어
비용만 내가 준비해서 공동 운영하면 어떻겠느냐는 것이었다.
전시공간을 겸한 문화공간인 갤러리 카페를 만들어보고 싶은 마음이
있었던 내게는 정말 좋은 기회였다. 흔쾌히 요구를 받아들였다.
전부터 인테리어에도 관심이 많았기에 직접 할 수 있을 듯했다.
그러면 비용도 많이 들 것 같지 않았다. 갤러리 카페가 생기면 나를
비롯해 그저 여행과 사진이 좋아서 여행사진을 찍는 사람들에게
부담 없이 사진을 걸 수 있는 전시공간을 마련해줄 수 있다는 생각에
감사하고 기뻤다.
카페 이름도 일말의 고민도 없이 '마다가스카르'로 결정했다. 처음부터
마다가스카르 외에 떠오르는 단어가 없었다.
'갤러리 카페 마다가스카르'
예전에 힘들게 경험했던 공사판 일은 카페 공사를 하는 데 큰 도움이
되었다. 공사판 일을 할 때 알고 지냈던 목수들에게 일을 부탁했고
내가 직접 철물점에 가서 자재를 골라 인테리어도 했다.
예전에 잡부로 일하면서 타일, 목재 등을 어디에서 사면 싸게 살 수
있는지 알아두어 편했다. 돌아보니 내가 했던 모든 경험들 중에
그 어떤 것도 필요없는 것은 없었다.
카페 마다가스카르 한쪽에는 실물 크기의 빨간색 공중전화 박스가 있다.

내가 처음 파리로 여행을 떠났을 때 숙소를 잡지 못해 첫날밤을
공중전화 박스에서 지새운 기억을 그대로 옮겨놓은 것이다.

"여기 우리가 들어가도 되는 곳이야?"

카페를 열자 사람들은 내가 더 많은 돈을 벌려고 카페를 차렸다고
말하기도 했다. 하지만 카페 자체가 내 목표는 아니었다. 단지 사람들과
소통할 수 있는 장(場)을 만들고 싶었다. 또 전시회를 열고 싶지만
그럴 수 없는 사진작가들에게 작은 공간이나마 제공할 수 있다면
좋겠다는 생각이었다. 나 역시 전시회를 해야 하는데 액자 값이 없어서
카메라를 팔아야 했던 경험이 있기에 그런 생각을 하게 된 것이다.
한마디로 갤러리 카페를 통해 사랑하는 사람들과 기쁨과 아픔을
공유하고 싶었다.
마다가스카르의 대관료는 무료다. 액자와 인화에 들어가는 금액도
상당하기 때문에 가난한 사진작가들에게 전시회는 꿈같은 일이다.
이곳에서 전시회를 열고 행복해서 눈물을 흘리는 사람들이 많은 이유도
바로 이 때문이다. 나도 그들과 함께 운 적이 한두 번이 아니다.
같은 어려움을 겪어봤기 때문에 그들의 마음을 느낄 수 있다.
카페 마다가스카르는 그런 사람들을 위해 만든 공간이다.

그래서 유명한 사람들의 전시회는 열지 않는다.
카페 마다가스카르는 카페보다는 갤러리 느낌이 더 강해서
동네사람들이 부담스러워하며 선뜻 들어오려 하질 않았다.
"여기 우리가 들어가도 되는 곳이야?"
"무지하게 비쌀 것 같아."

"젊은 사람들만 가는 데 아냐?"

실은 지역주민을 위한 문화공간으로도 활용되기를 원했는데
동네사람들이 오해한 것이다. 생각다 못해 메뉴판에 음료가격을 써서
밖에서도 쉽게 볼 수 있도록 붙여놓았다. 들여다보기만 하고 망설이는
사람들을 위해서 말이다.

그때부터 동네사람들이 들어오기 시작하더니 지금은 동네 사랑방이
되어버렸다. 오전에는 유모차를 끌고 온 주부들이 사진을 보고 카페에
비치된 책도 읽으면서 자기 시간을 가진다. 이 공간을 만든 목적이
사진을 좋아하는 사람들에게 놀이터를 만들어주기 위한 것이었기에
이 또한 반가운 손님이다.

사진에 열정이 있는 아마추어 작가들에게 숨통을 틔워줄 공간, 좀 더
많은 사람들에게 좋은 작품을 보여주는 공간, 대중과 소통할 수 있는
공간, 이런 공간을 만드는 것이 꿈이었는데 이제는 어느 정도 자리를
잡아가는 것 같다. 지금 이 카페는 내가 제일 좋아하는 공간이자
아지트인 동시에 또 언제든지 떠날 수 있는 공간이기도 하다.
나는 카페 주인이 아니라 언제까지나 사진쟁이일 뿐이다.

사진으로
아프리카를 재조명하다

"아니, 이게 정말 에티오피아야?"
"내가 이제껏 알던 것과 너무 다르잖아?"

아프리카는 동정의 대상이 아니라 동경의 대상이다

2008년 9월, EBS 방송국으로부터 에티오피아 테마 기행촬영을 의뢰
받았다. 에티오피아라고 했을 때 가장 먼저 떠오르는 것은 TV로 본
연예인들의 봉사활동이었다. 그래서 촬영을 떠나기 전까지 아프리카를
신음과 기근과 에이즈로 가득 찬 곳으로 생각했다.

그런데 막상 에티오피아에 도착해서는 내 눈을 의심했다.

공항도 시내도 깨끗했고, 꽃으로 아름답게 단장한 카페도 곳곳에 꽤
많았다. 작기는 했지만 특별히 가난하다는 생각은 들지 않았다.

우리나라의 지방도시 같은 느낌이랄까?

그간 내가 얼마나 잘못된 선입견을 갖고 있었는지 깨달았다.

마치 누군가에게 속은 기분이었다.

공항에서 차를 타고 시내를 빠져나와 교외로 접어드니 산하가 온통
노란 꽃으로 아름답게 물결치고 있었다.

'아, 이곳이 바로 천국이구나!'

'사람이 천국에 가기 전에 잠시 머물 곳을 정한다면 하나님은 바로
이곳으로 하시겠구나.'

너무 아름다웠다. 끝도 보이지 않는 지평선이 온통 꽃으로 물결치며
이어졌다. 낮게 깔린 산과 들판, 온통 노란 꽃밭 등 한없이 아름다운
광경에 절로 탄성이 새어나왔다.

"와, 정말 미치겠다!"

함께 간 여행탐험가라는 친구도 계속 미치겠다는 말만 연발했다.
다른 미사여구보다 '미치겠다.'라는 말이 가장 정확한 표현이었다.
그 외에는 그 경관을 표현할 단어가 떠오르지 않았다.

'그간 우린 아무것도 모르고 이 나라를 완전히 거지나라로 취급했구나.'
내가 생각했던 에티오피아와 전혀 다른 모습을 보면서 한 나라가 너무나
심하게 왜곡되어 보도되었다는 것에 화가 났다. 우리가 흔히 보던,
굶주린 채 죽어가는 모습은 난민촌에나 가야 볼 수 있는 장면이었다.
에티오피아 사람들 모두가 그렇게 살고 있는 것처럼 보도하는 것은
이 나라를 완전히 모독하는 것이다. 우리나라에도 거지가 있고
노숙자들이 있다. 그런데 외국인들이 한국의 이런 모습만을 보여주고
마치 한국이 노숙자와 거지들만 사는 가난한 나라인 것처럼 알린다면
얼마나 기가 막히겠는가!

물론 에티오피아인들의 생활은 가난하다. 그러나 우리 기준에서 가난한
것이지 그들 자신은 비참하게 살고 있다고 생각하지 않았다.
그들은 카드 빚이나 대출금이 없다. 자살이란 개념도 거의 없다.
오히려 행복지수는 우리나라보다 높다. 에티오피아는 한국전쟁 때

아프리카에서 유일하게 참전용사를 보낸 그들은 자기들이 우리를
도왔다는 사실에 도리어 자부심을 가지고 있었다.

원조가 주는 즐거움

EBS방송국의 촬영 팀과 함께 드넓은 소금사막과 소금호수가 있는
에티오피아의 다나킬 사막은 영상 55도에서 60도를 오르내리는
지구상에서 가장 뜨거운 땅이다. 숨을 쉴 때마다 뜨거운 바람이
입 안으로 훅~ 하고 들어왔다. 숨을 내쉬기조차 힘든, 단 한 번도
경험해본 적이 없는 폭염이었다.
'아무것도 자랄 수 없는 땅'
'아무것도 생존할 것 같지 않은 땅'
나에게 척박한 환경은 새로운 것을 담을 수 있는 절호의 기회다.
나는 환경이 나빠질수록 그 순간을 즐기며 살아야 하는 사진가다.
다나킬의 마른 사막과 그 사막을 무겁게 밀치고 나가는 솔트 카라반을
향해 셔터를 누르면서 그곳에 있음에 얼마나 많은 감사를 드렸는지
모른다.
'어느 누가 지금 내가 보고 있는 저 아름다운 모습을 담는 행운을
갖겠는가?'

영상 50도의 폭염도 나의 기쁨과 행복을 꺾을 수는 없었다.

호흡을 멈추고 셔터를 누르게 한 에티오피아의 다나킬 사막은 나를 위한 거대한 세트장이었고 귀한 선물이었다.

안락한 곳에서 남기는 사진은 이렇게 진한 향기를 내지는 못한다.

그곳에서 사진을 찍을 때 나는 이곳에 어느 사진가도 오지 않았고, 앞으로도 못 올 것이라는 생각으로 찍었다. 그렇다면 그곳은 사진가로선 특별한 곳이었다. 마다가스카르 역시 마찬가지였다. 마다가스카르 하면 그 뒤에 늘 '신미식'이란 이름이 꼬리표처럼 따라붙는다.

그래서 이제 마다가스카르에 아무리 많은 사람이 가도, 아무리 유명한 사진가가 가도 이곳에서는 내가 원조처럼 되어버렸다.

인터넷에 '신미식'을 검색하면 연관 검색어로 '마다가스카르'가 나온다. 반대로 '마다가스카르'를 검색하면 '신미식'이 나온다.

떼려야 뗄 수 없는 관계가 되어버린 것이다. 그래서인지 국내 유명작가 몇 명이 마다가스카르에 가서 작업을 했지만 전시는 하지 않았다.

'소나무' 하면 배병우 작가가 워낙 강하게 연상되어서, 앞으로도 국내 작가는 소나무를 주제로 사진작업을 쉽게 하지 못하게 된 것처럼…….

이것이 '원조'가 주는 혜택이자 즐거움이다. 마다가스카르 이후 원조의 맛을 알아버린 나는 마다가스카르처럼 한국에 알려지지 않은 나라가 또 없을까 하고 찾아본다. 내 실력이 최고가 아닐 때는 이렇게 남들이 한 번도 하지 않은 것을 시도해서 최고가 되는 것도 좋은 방법이다.

에티오피아 신부로부터 온 전화

나는 에티오피아 여행을 통해서 한 나라의 단면만을 보는 것이 얼마나
위험한 일인지 알게 되었다. 기아, 내전, 가뭄, 뼈만 앙상한 아이들,
문명도 문화도 없이 헐벗은 원시종족들의 척박한 땅으로 비쳐진
에티오피아. 하지만 에티오피아는 아프리카 대륙에서 가장 많은 자연
문화유산을 가진 나라일 뿐 아니라, 솔로몬 왕 시대부터 시작되는
3,000여 년의 긴 역사를 가진 초기 기독교 왕국이며 고유 언어와 문자를
가진 독립국가다.

에티오피아 여행은 그동안 편견으로 가려진 나라의 찬란한 고유 문명과
경이로운 자연, 그 안에서 살아가는 아름다운 사람들을 재발견하고,
나아가서는 아프리카의 참모습을 볼 수 있는 기회였다.

나는 여행에서 돌아온 후 에티오피아를 제대로 알려야 한다는 의무감이
들었다. 책을 내서 에티오피아라는 나라에 대한 진실을 보여주고
싶었다. 그런 의도에서 책 출판과 함께 사진전시회를 열었다.

"아, 에티오피아가 이렇게 아름다운 나라였구나!"

"아니, 이게 정말 에티오피아야?"

"내가 이제껏 알던 것과 너무 다르잖아?"

전시회를 둘러본 사람들은 한결같이 믿을 수 없다는 표정을 지으며 짧은
탄성을 터뜨렸다.

어느 날 전시회에 다녀가신 에티오피아 신부님이 내게 전화를 했다.

"신 작가님, 고맙습니다! 너무 고맙습니다."

"뭐가 그렇게 고마우신가요?"

"저희 에티오피아에 대해 정확하게 보여줘서요."

신부님이 한국의 교인들에게 에티오피아가 아름다운 나라라고 아무리 설명해도 믿지 않더니 이번 전시회 사진을 보고 나서는 깜짝 놀랐다며 꼭 가보고 싶다고 했다는 것이다.

"이전까지 에티오피아는 거지만 사는 나라인 줄 알았답니다."

신부님은 이제라도 자신의 나라를 제대로 알려주어 정말 고맙다는 말을 수없이 반복했다.

또 얼마 후에는 우리나라에 유학 온 에티오피아 학생이 나를 찾아왔다.

"우리나라가 매우 아름답다고 하면 친구들이 내 말을 믿지 않고 거짓말쟁이나 미친놈 취급을 했어요."

그 나라에서 유학온 것만도 기적처럼 신기하게 여기더니, 전시회를 보고 나서는 "너희 나라 진짜 아름답네. 에티오피아를 꼭 여행해보고 싶다."고 한다는 것이다.

관광청의 직원들도 "어떤 나라에서도 에티오피아를 이렇게 아름답게 보여준 사진은 없었다."며 감탄했다.

한동안 이런 말들을 듣다 보니 마치 내가 에티오피아의 홍보대사가 된 느낌이었다. 나는 단지 진실을 보여준 것뿐이었는데 말이다.

처음 마다가스카르를 여행한 뒤 책을 출간하고 전시를 하면서

내 이름 앞에 '아프리카 사진가'라는 수식어가 한두 번 붙기 시작했다.

그러더니 어느 잡지사 인터뷰에서는 아예 제목을 "아프리카 전문

사진작가 신미식"으로 뽑았다.

사실 그때 나는 아프리카 중에서 마다가스카르밖에 가본 곳이 없었는데

말이다. 그 기자가 나를 오해했던 것이다.

그 타이틀을 보는 순간 부끄러웠다. 아프리카에 끌리기도 했지만,

그 타이틀에 대한 부담감 때문에 나는 아프리카로 자주 여행을 떠났다.

오해에서 비롯된 '아프리카 전문 사진가'라는 타이틀에 나를 맞추기

위해서 말이다. 이제 아프리카를 어느 정도 다녀보았다. 그런 뒤에

드는 생각은 아프리카는 재조명되어야 한다는 것이다.

아프리카는 동정의 대상이 아니라 동경의 대상이라는 점을 사람들이

알았으면 좋겠다.

1번국도를 따라
한국 땅을 잘근잘근 씹다

우리 땅을 여행하는 것은 이번이 처음이었다.
대략 400킬로미터가 넘는 여정이지만 도전해볼 만한 가치가 있는 일이었다.

무거운 돌처럼 느껴진 한 통의 메일

약 3년 전쯤 어느 독자로부터 메일을 받았다.

"작가님은 왜 해외사진만 찍으세요? 작가님이 담은 한국의 풍광을 보고 싶어요."

그 한 통의 메일이 무거운 돌이 되어 가슴에 얹혔다.

'내가 태어나고 자란 이 땅을 먼저 품지 못했구나.'

그래서 모든 일을 제쳐두고 2009년 10월 16일부터 11월 15일까지 한 달간 1번국도 도보여행을 떠나기로 했다. 1번국도는 목포에서 신의주까지 남북으로 길게 이어지는 대한민국의 동맥과 같은 도로다. 분단의 상처를 안고 있는 애잔한 길이다. 비록 신의주까지 갈 수는 없지만 의미 있는 일을 하고 싶어 그 길로 떠나기로 했다.

어린 시절 내가 나고 자란 곳도 1번국도가 지나는 경기도 송탄이다. 어렸을 때 바로 집 앞을 지나던 2차선 도로가 1번국도라는 사실을 알고 신기했다. 이 좁고 보잘것없는 길을 통해야만 부산과 목포에 갈 수 있다니……. 어린 내 눈에 비친 1번국도는 나와 친구들의 놀이터와도 같은 곳이었다. 하지만 어렴풋이 언젠가는 이 길을 따라 끝까지 가보고

싶다는 희망도 품었던 것 같다. 어쩌면 그때부터 길 떠나는 여행을
동경했는지 모르겠다. 드디어 초등학생 시절의 꿈을 실현할 때가
된 것이다.

인생에서 잊지 못할 기억은 항상 '첫'자를 달고 있다. 첫사랑, 첫 여행,
첫아이, 첫 직장. 그래서 '1'이란 숫자는 예사롭지 않은 출발이다.
우리 땅을 여행하는 것은 이번이 처음이었다. 파리, 케이프타운,
마다가스카르, 스코틀랜드, 인도, 몽골, 페루 등 전 세계에 내 발걸음이
닿지 않은 곳이 거의 없는데 우리나라 땅에는 내 흔적이 없었다.
열 권이 넘는 나의 책에는 온통 낯선 이국의 풍경만 가득했다.

"한국 땅을 잘근잘근 씹으면서 다녀보자."

대략 400킬로미터가 넘는 여정이지만 도전해볼 만한 가치가 있는
일이었다. 침낭과 텐트, 간단한 식자재를 챙겼다. 일정의 30퍼센트
정도는 텐트에서 야영을 하며 보낼 생각이었다. 어쩌면 해외여행보다
더 무모하고 힘든 시간이 될지도 모른다는 생각이 들었다. 한 가지
다행인 것은 내가 걷는 것 자체를 좋아한다는 것이었다. 걸으면서
만나는 이 땅의 가을을 가슴에 품고 돌아오리라 결심했다.
한 걸음 한 걸음 이 땅을 밟으며 나를 돌아보는 시간이 될 것 같았다.
떠나기 전부터 마음이 설레었다. 마치 명절날 고향집을 찾아가는
느낌이었다. 30킬로그램이 넘는 캠핑 장비에 찍은 사진을 잘 정리하기
위한 노트북도 넣었다.

오랫동안 걸어도 밑창이 터지지 않을 신발도 준비했다. 낚시도구도
빼놓지 않았다. 걷다 배고프면 강태공처럼 낚싯대를 늘어뜨려 고기를
잡아 끼니를 때울 생각이었다. 이 고난의 행군에 12년 지기 친구도
함께했다. 친구는 40대의 마지막을 의미 있는 일로 채우고 싶다며
'순례 동참'을 자처했다.

'땅 끝'인 목포에서 거슬러 올라가기 시작한 여행길은 무안을 지나 함평,
나주, 광주에 이르렀다. 이어 광주에서 장성, 백양사로 향했다.
이런 식으로 하루에 20킬로미터씩 걸었다. 갈대와 억새가 춤추는 흙길은
맨발로 걷고 싶을 만큼 매혹적이었다. 그 곁에 흐르는 냇물에서 물새와
철새들이 놀라 푸드덕 날아오르는 모습도 여행의 즐거움을 더해주었다.
수백 년간 그대로 보존되어온 우리네 흙담장을 볼 수 있었던 것도
1번국도 걷기여행이 주는 큰 선물이었다.

인생의 숙제 같았던 국토종단 여행

걷는 동안 나는 우리 옛길, 거기서 만난 할머니, 할아버지, 들판,
풀잎들을 카메라에 담았다. 특히 고향집 주변 마을에서 흔히 볼 수 있는
흙담, 돌담, 울타리가 그리 예쁠 수가 없었다. 그리고 그 안에서 고개를
내민 우리네 할머니들이 그리 고울 수가 없었다.

길을 걷다 길가에 버려진 감나무에서 잘 익은 홍시를 따 먹기도 하고
가끔 문이 열려 있는 집에 들어가 스스럼없이 인사를 나누기도 했다.
"할머니, 저희 배고파요. 밥 좀 주세요."
"아이고, 혼자 먹는 밥이라 찬은 없는디……."
마루에서 푸성귀를 다듬던 할머니는 말은 그렇게 하면서도 금세 밭에서
막 따온 풋고추에 된장, 시어 터진 김치를 담은 밥상을 차려 오셨다.
밥상을 보는 순간 어머니의 밥상이 떠올라 갑자기 눈물이 핑 돌았다.

내가 초등학교에 다닐 때 집에 학생이 네 명이었다. 어머니는 매일
도시락을 네 개 이상 준비하셔야 했는데 집안 형편이 넉넉지 못했기에
막내인 나까지 가져갈 도시락통은 없었다. 할 수 없이 나는 매일
점심시간에 뜀박질로 20분 거리의 집으로 달려와서 점심밥을 먹고
다시 학교로 돌아가야 했다. 학교에서 집까지 숨이 턱에 차도록 달려와
방문을 열어보면 방안 중간에 곱게 상보를 덮은 밥상이 나를 기다리고
있었다.
반찬이라고 해봐야 김치와 새우젓, 밭에서 따온 오이 몇 개가
전부였지만 어머니가 정성스럽게 차려놓으신 그 밥상이 나에겐
진수성찬이었다. 그 많은 식구들을 위한 밥상이 아닌 막내아들만을 위한
밥상이었기에 나에겐 더욱 소중했다. 밥을 게 눈 감추듯 먹어치운 나는
다시 뜀박질로 학교에 돌아가곤 했다.

초등학교 6년 내내 나는 한 번도 도시락을 챙겨 가지 못하고 집에 가서
점심밥을 먹어야만 했다. 나이가 들고 보니 막내아들을 위해 밥상을
차려놓으신 어머니의 마음을 알 수 있을 것 같다.
막둥이에게 도시락을 준비해주지 못한 그 마음은 얼마나 아프셨을까?
점심시간마다 힘들게 뛰어야 하는 막내가 어머니에겐 안쓰러움이었을
것이다. 밭에서 하던 일을 멈추고 집에 돌아와 아린 가슴으로 밥상을
차리셨을 어머니를 생각하니 내 마음이 다시 시려온다.
13남매의 입에 먹을 것을 준비해야 했던 내 어머니의 처절한 삶은
지금 생각해도 아픔으로 다가온다. 언제나 허리 숙여 일하시느라 굽은
등은 결국 자식들의 안위를 위해 사용하신 삶의 도구였다.

'내 사 진 이 뭐 기 에 ……'

"할머니, 맛있게 잘 먹었습니다."
어머니가 차려준 것 같은 따뜻한 밥상에서 맛있게 먹고 자리에서
일어섰다.
"몸조심들 하시요!"
문을 나서는 우리에게 할머니가 구부러진 허리를 조금 들어올리며
손을 흔들어 인사하셨다. 나는 지갑을 열어 할머니에게 용돈을 드렸다.

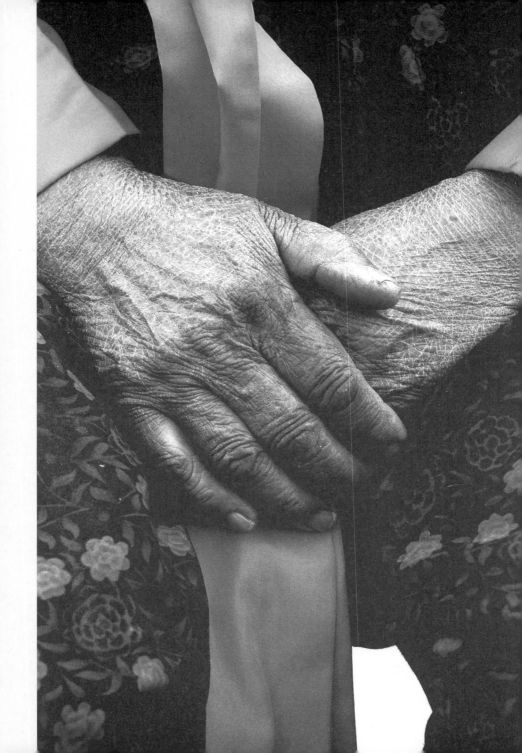

할머니는 손을 내저으며 펄쩍 뛰셨다.

"안디야! 안디야! 그럼 못 써!"

"할머니, 손자가 드리는 거예요."

"이것이 시방 뭔 일이당가. 미쳤는갑따!"

길을 걸으면서도 따스한 할머니의 마음이 나를 자꾸만 잡아당겼다.
한번은 전주를 지나가는 도중에 독자 한 분이 내가 가는 1번국도에
나와서 기다리겠다고 했다. 그분은 2년 전 암이 재발하여 수술을 하러
들어가기 전에 "작가님 사진을 통해 많은 위로를 얻었어요. 그간
고마웠어요."라는 글을 보내온 분이었다. 다행히 수술이 잘되어서 지금
전주에 살고 있는데 내가 1번국도 여행을 한다는 소식을 듣고 마중을
나오겠다는 것이었다. 그분은 남편과 아이와 함께 일찍부터 나와서
내가 지나가기를 기다리고 있었다. 손에는 집에서 직접 구워온 과자가
들려 있었다.

"여행하시면서 드세요."

박스를 열고 과자를 집어 드니 과자 하나하나에 '포토그래퍼 신미식'
이란 글자가 새겨져 있었다. 가슴이 뭉클했다.

'내 사진이 뭐기에 이토록 정성스럽게 과자를 구워서 왔을까……'

길을 걷는 내내 과자에 새겨진 이름을 보며 정말 좋은 사진을
찍어야겠다고 다짐하고 또 다짐했다.

길을 걸으면서 만나는 풍광은 자동차를 타고 이동할 때와는 완연히

달랐다. 빠른 속도로 스쳐 지나쳐 보지 못하고 놓친 것들에 대한 새로운 발견으로 한 걸음 한 걸음이 소중하게 느껴졌다.

그렇지만 국토종단은 결코 낭만적이지 않았다. "다리 아파 죽겠다."는 소리가 저절로 튀어나왔고 특히 밤에는 몇 배 더 힘들고 위험했다.

길을 걷는 도중에 날씨가 사나워지면서 진눈깨비가 내린 날도 있었다. 매서운 바람과 함께 우박이 얼굴을 때리기도 했다. 앞을 보는 것조차 힘들었다. 갑자기 추워진 날씨가 가뜩이나 약해진 마음을 더 힘들게 했다.

'내가 왜 이런 고생을 사서 하는 거지?'

'나는 왜 이 길을 걸어가려는 것일까?'

길을 걸으며 스스로 반문해보았다. 무언가 도전할 목표가 있다는 것, 그것이 내게는 살아가는 이유였다. 살아가면서 꼭 한번 도전하고 싶었던, 인생의 숙제 같았던 국토종단 여행. 처음 시작할 때는 언제 저 길을 다 걸어가나 막막했는데 결국 나는 해냈다.

내 인생의 황혼기에 누군가 가장 보람된 일이 무엇이냐고 묻는다면 지금으로선 이 길을 걸었던 때라고 말할 것 같다.

국내 최초로 NLL 사진을 찍다

국내여행을 마친 후 그것을 책으로 엮었다. 〈1번국도〉라는 전시회도
열었다. 그때 나에게 의미 있는 작업의뢰가 들어왔다. 다름 아닌
NLL(북방한계선) 촬영이었다. 우리나라와 북한의 육상경계선으로 양측의
출입이 통제되는 완충지대는 DMZ(비무장지대)로 잘 알려져 있다. NLL은
우리나라와 북측 간의 해양한계선이다. 이 곳을 찍는 것은 국내의 어떤
작가도 시도한 적이 없다고 했다.

분단국가라는 특수한 환경에서 살아가는 국민의 한 사람으로서 의미
있는 작업이라는 생각이 들었다. 개인 자격으로는 촬영하기 힘든,
남북한의 바다가 만나는 지역의 자연을 담는 작업을 한 달 넘게 했다.
난생처음 가본 섬들, 그 안에서 조국을 위해 헌신하는 군인들의 모습을
카메라에 담으며 분단의 아픔을 생각하는 계기가 됐다.

곧 국내 처음으로 그곳의 풍광을 사람들에게 보여주는 전시를 할
것이다.

어쩌면 감동이 아닌 아픔의 전시가 될지도 모른다. 하지만 분명한 것은
그 모든 것이 현실이라는 것이다.

아픈 역사지만, 한편으로는 그 역사의 한 장면을 기록했다는 것이
사진작가인 나에게는 축복일지도 모른다.

★ 저자는 지금까지 80개국 이상을 여행하면서 사진을 찍었다. 그중 가장 기억에 남는 나라가 어디냐고 물으면 그는 서슴없이 '마다가스카르'라고 대답한다. 2005년 봄, 처음 마다가스카르 항공사 담당자에게서 제안을 받았을 때는 아프리카에 한 번도 가보지 못했고 마다가스카르가 어디에 있는지조차 알지 못했다.

★ 마다가스카르에 도착한 순간 알 수 없는 편안함을 느낀 저자. 거기에서 빨래통을 머리에 이고 둑길을 따라 가는 아낙네들, 그리고 양동이를 이고 엄마 옆을 따라가는 꼬마들을 보며 저자는 어린 시절 자신의 모습을 떠올리게 된다. 마다가스카르가 고향처럼 느껴졌다. 또한 그곳에는 『어린왕자』에 나오는 바오밥 나무가 있었다.

★ 동화 같은 나라 마다가스카르가 눈에 아른거렸던 저자는 전기도 들어오지 않는 오지에 살지만 유리처럼 맑고 투명한 눈동자를 가진 아이들을 사진에 담고 싶었고 그들에게 꿈을 심어주고 싶었다. 그래서 저자의 블로그에 이 아이들에게 영화를 보여주고 축구공, 농구공을 보낼 사람을 모집했다. 본격적으로 '마다가스카르 후원의 밤'을 준비해서 모금액도 모으고 책까지 협찬받으면서 꿈을 나눌 길이 열렸다.

★ 갤러리 카페를 차리고 싶은 저자의 꿈도 이루었다. '마다가스카르'라는 갤러리 카페를 통해 사람들과 소통할 수 있는 장을 만들었다. 전시회를 열고 싶지만 그럴 수 없는 사진작가들에게 부담 없이 사진을 전시할 수 있는 공간을 마련해줄 수 있게 됐다.

★ 아프리카의 이미지가 신음과 기근과 에이즈로 가득 찬 곳으로 왜곡되어 있다는 것을 알게 되었다. 특히 저자는 에티오피아 여행을 다녀온 뒤 에티오피아를 제대로 알려주어야 한다는 생각에 책 출판과 함께 사진전시회를 열었다. 전시회를 통해 아프리카(에티오피아)를 재조명했으며 '아프리카 전문 사진가'라는 타이틀에 걸맞게 아프리카의 본 모습을 알려줄 수 있었다.

★ 그동안 이국의 풍경만 찍다가 2009년에 한 달간 1번국도 도보여행을 떠났다. "한국 땅을 잘근잘근 씹으면서 다녀보자."는 각오로 400킬로미터가 넘는 여정에 도전했다. 이 길을 걷는 도중 엄마같이 푸근한 할머니들을 만나기도 했다. 진눈깨비가 내리기도 하고 매서운 바람과 우박이 얼굴을 때리는 등 국토종단은 결코 낭만적이지만은 않았지만, 인생의 숙제 같았던 국토종단 여행을 완수할 수 있었다.

사.진.을. 준.비.하.는. 사.람.들.에.게. 들.려.주.고. 싶.은. 이.야.기.

사진은 예술 이전에 우선 소통이 되어야 한다.

잘 찍는 것과 좋은 사진은 다르다.

공감할 수 있고 감동을 주고 위로와 힘을 줄 수 있는 사진이 최고의 사진이다

당신은 진짜
사진가인가?

"할머니 왜 우세요?"
"이 사진만 보면 소녀 적 생각이 나서 그냥 눈물이 난다우."

'이렇게 허접스러운 사진가로 살아야 하나?'

내가 처음 사진을 찍기 시작했을 때는 욕심이 없었다. 단지 내가 찍은
사진을 보면서 사람들이 가슴으로 느끼고 행복해하면 최고라고
생각했다. 그러던 어느 날 후배 사진가로부터 이런 말을 들었다.
"형의 사진은 분명히 감동이 있어. 근데 그것으로 사진가라고 할 수는
없잖아."
솔직히 그 말은 내게 충격이었다. 그때부터 내가 뭘 찍어야 할지
진지하게 고민하기 시작했다.
'진짜 사진가란 무엇일까?'
'나는 진짜 사진가인가?'
'그렇다면 뭘 찍어야 하나?'
후배 말대로 내가 찍는 사진은 작가로서 비평을 받을 수 있는 것은
아니었다. 군이 학문적으로 깊이 들어가자면 사진은 미술계통으로,
미술관에서 전시를 하고 비평을 받아야 한다. 하지만 나는 그런
사진들을 보면 너무나 어렵다는 생각이 들어서 절대 그런 사진은 찍지
않겠다고 다짐까지 했다.

'그렇다면 나는 이렇게 허접스러운 사진가로 살아가야 하는가?'
일반 독자에게 다가가는 사진을 찍을 것인지, 아니면 사진가로 명성을
얻는 사진을 찍을 것인지 고민하기 시작했고 딜레마에 빠지게 됐다.
이런 고민은 쓸데없는 것이었는지 모른다. 결국 나의 정체성을 찾게
해준 것은 사진가의 비평이나 칭찬이 아니라 독자들의 반응이었다.
특히 앞에서 말한 암 환자가 수술하기 직전에 보내온 글은 내게 큰 힘을
주었다. 암이 재발해서 다시 수술하러 들어가면서 그분은 그간
나의 사진을 통해 많은 위로를 받았다며 마지막일지도 모르는 감사의
인사를 남겼다.
남들이 뭐라 하든지 죽음의 두려움 앞에서 나의 사진이 힘이 되고,
어려운 사람에게 위로가 되며, 아픈 사람에게 치료제가 될 수 있다면
그 이유 하나만으로도 내 사진은 충분한 의미가 있다고 생각했다.
네이버의 〈포토락보드〉 카페에 실린 700여 명의 독자들 반응을
통해서도 내가 왜 이 길을 가야 하는지 확신할 수 있었다.
또 다른 암 환자 분도 내 책에서 큰 위로를 받았다며 500만 원을 주고
갔다. 처음에는 사양했으나 결국 뜻을 받아들이기로 했다.
이분들을 위해 더 좋은 사진을 찍자고 다짐하면서……
나의 사진을 통해 많은 사람들이 감동하고 꿈과 희망을 찾는다면
남이 알아주지 않는다한들 어떻겠는가! 그러던 중 내가 사진가로서
정체성을 확실히 찾게 된 계기가 생겼다.

나는 사진쟁이다

마다가스카르에서 돌아온 지 얼마 되지 않아 신세계백화점 부장이라는
분에게서 연락이 왔다. 대학로 '객석' 갤러리에서 열린 〈마다가스카르
사진전〉을 보고 연락한 것이다.
"저는 사진에 대해서 잘 모르지만 신 작가님의 사진을 보고 큰 충격을
받았습니다."
이제껏 보아왔던 것과 달리 어떤 강렬함을 느꼈다는 그는
신세계백화점에서 꼭 나의 사진을 전시하고 싶다고 했다.
"원래 신세계백화점에는 갤러리가 없는데 신 작가님을 위해서 새로
만들어 준비하겠습니다."
비용도 백화점에서 부담한다는 조건이었다. 지난 현대백화점 전시에
비해서 좋은 조건이었다. 그것도 신세계백화점 명동 본점에서의
전시였으니 나로서는 사양할 이유가 없었다. 두 달 후 전시회를 하기로
하고 부랴부랴 그 시기에 맞춰 책 출간을 준비했다.
최종적으로 책제목을 놓고 고민하다가 '나는 사진쟁이다'로 결정했다.
당시 나는 사진가로서 위축된 상태였다. 정식으로 사진을 배워본 적도
없고 사진세계에 입문한 적도 없이 단지 내가 좋아서 찍는 상태였다.
다른 사진작가들과 친분이 있거나 교류를 한 적도 없었다. 나만의 길을
혼자 걸었기 때문에 그런 세계가 있는 줄도 몰랐다.

그러나 언제부턴가 나도 사진가로서 인정받고 싶었다. 사진에 대한
나의 열망을 알리고 싶었고, 신미식이라는 사진작가가 있다는 것도
세상에 말하고 싶었다. 어쩌면 나를 알아주지 않으니까 더 알리고
싶었는지도 모른다. 그러나 나 스스로 '사진작가'란 말을 쓰고 싶지는
않았다. 그래서 정한 제목이 '나는 사진쟁이다'였다.

2007년 5월 신세계백화점 갤러리에서 전시회를 시작한 첫날, 마침
국내의 유명 사진작가가 다른 곳에서 전시회를 열고 있었다.

평소 나의 사진을 두고 "신미식 사진이 무슨 사진이냐, 스케치지."라고
비웃던 사람이었다. 전시회 첫날 650명의 관람객이 다녀갔다. 모두 나의
전시회를 보러 일부러 온 사람들이었다.

사진작가는 한 명도 없었고 모두 일반인들이었다.

책도 그날 하루만 450권이 팔려서 부랴부랴 재판작업에 들어갔다.

주말에 갑자기 650명의 사람들이 몰려오니까 백화점을 찾은 고객들이
주차를 할 수 없어 급하게 임시주차장까지 빌렸다.

그래도 고객들로부터 계속 항의가 들어오자 화가 난 지점장이 직접
전시회장을 찾았다.

"대체 뭐 그리 대단한 거라고 이렇게 난리가 난 거야?"

지점장은 화를 감추지 못한 채 사람들로 북적거리는 전시장을 한번
둘러보더니 획 나가버렸다.

다음 날 전시장 근처에서 우연히 지점장과 마주쳤다. 지점장은 전날과 달리 내게 전시회에 대해 설명을 좀 해달라고 했다. 나는 지점장과 함께 전시장을 돌며 사진에 대해 설명해주었다. 그리고 며칠 후 처음 전시회를 기획했던 부장에게서 전화가 왔다.

"저희 지점장님이 요즘 이상해졌어요."

지점장이 자신을 불러 "어떻게 저렇게 훌륭한 작가를 섭외했냐?"고 칭찬을 하더니 모든 사람들과의 약속을 전시회가 열리고 있는 갤러리에서 한다는 것이었다. 그리고 자신이 직접 사진을 보여주고 설명을 해준다고 했다. 뿐만 아니라 아침마다 나의 블로그를 보면서 직원들에게 "우리도 이런 감성 마케팅을 해야 한다."고 강조한다는 것이다. 또한 신세계백화점 에스컬레이터 입구마다 전시회를 알리는 POP도 세웠다.

연일 많은 사람들이 전시장을 찾았다. 어느 부인은 전시회 기간에 거의 매일 와서 사진을 보면서 눈물을 흘렸다. 성공적으로 한 달간의 전시를 마치고 평촌 신세계백화점에서 다시 연장 전시를 했다.

신세계백화점 갤러리에서의 전시회는 사진가로서 위축되었던 내게 큰 자신감을 주었다. 자신감뿐만 아니라 세상에 나를 당당히 외칠 수 있게 해준 전시회였다.

"나는 사진쟁이다!"라고.

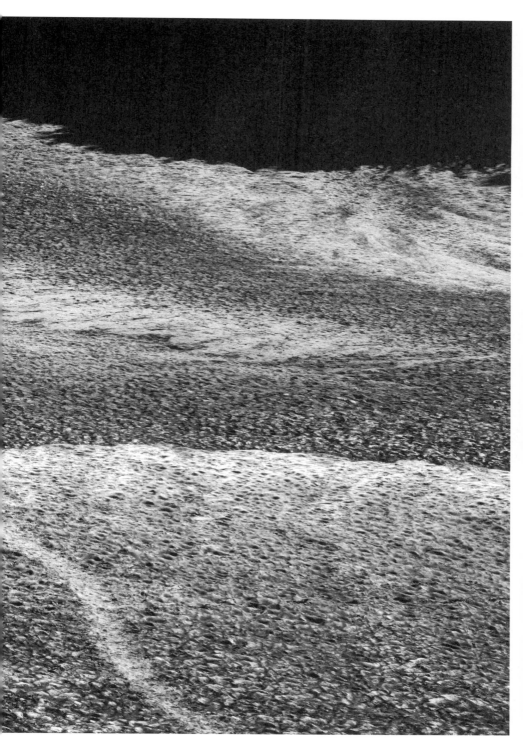

누군가에게 메시지가 전달되는 사진인가?

어떤 사진작가는 관람객이 자신의 전시회에 와서 사진을 보고 이해하면
부끄럽다고 했다. 일반인들이 작가의 사진을 이해한다는 것은 작가의
수준이 낮아서라고 생각하는 작가들이 있는 것이다.
나는 그것을 이해할 수 없다. 아무도 공감할 수 없는 사진을 걸어놓고
작가만 그 내용을 이해한다면 과연 누구를 위한 전시인지 묻고 싶다.
사진이 모든 사람에게 공감을 주어야 한다고는 생각하지 않는다.
그러나 전시란 작가와 세상이 소통하는 수단이다. 그렇기에 많은
사람들이 전시장을 찾아야 하고 작가의 작품을 평할 수 있어야 한다.
그렇지 않다면 내 사진은 한 장도 전시하지 못할 것이다. 사진에서 가장
중요한 것은 '누군가에게 메시지가 전달되느냐'는 것이라고 생각한다.
사람들이 음악을 듣고도 이해하지 못한다면 그건 음악이라 할 수 없다.
마찬가지로 쉬운 사진을 보고 몇 명이라도 감동을 한다면 그게 바로
사진이 아닐까? 그런 의미에서 나는 모든 사람들이 공감하고 감동할 수
있는 사진가가 되고 싶다. 사진이 쉽든 어렵든 사진으로 서로 공감하고
나눌 수 없다면 그건 죽은 사진일 뿐이다. 어떤 할머니가 마다가스카르
전시회에 매일 와서 바다 사진을 보며 눈물을 흘렸다.
나는 무슨 사연인가 궁금해서 여쭤보았다.
"할머니, 왜 우세요?"

"이 사진만 보면 소녀 적 생각이 나서 그냥 눈물이 난다우."
사진은 예술이기 이전에 우선 소통이 되어야 한다. 잘 찍는 것과 좋은
사진은 다르다. 공감할 수 있고 감동을 주고 위로와 힘을 줄 수 있는
사진이 최고의 사진이다. 마음으로부터 울림과 감동이 있는 사진,
그런 사진이 누가 뭐라 해도 나에게는 최고의 사진이다.
반대로 다른 사람들이 아무리 훌륭한 사진이라고 해도 나에게 감동이
없다면 적어도 나에게는 좋은 사진이 아니다.
내가 독자들에게 전달하려는 것은 감동이지 지식이 아니다. 내 여행
이야기에 공감하고 가보고 싶어 하는 마음을 주고받는 것이다.
그리고 마음을 위로해주는 것이다. 작가라는 존재는 존경받는 게
중요한 게 아니라, 독자들에게 뭔가 변화를 주고 할 수 있다는 용기를
주는 역할을 해야 한다.
"우리 부모님이 생각나요. 시골에 계신 엄마에게 전화해야겠어요."
"우리 아이를 꼭 안아줘야겠어요."
"집에 가서 아내에게 고맙다고 해야겠어요."
사진으로 용기를 주고 실천할 수 있는 마음을 주는 것이 작가의
최고의 덕목이라고 생각한다. 작가는 찬탄의 대상만 되어서는 안 된다.
사진만 잘 찍는 게 아니라 스스로 반성하고 실천할 수 있는 기회를
주어야만 살아 있는 작가다.

모델이 아닌
친구를 찍어라

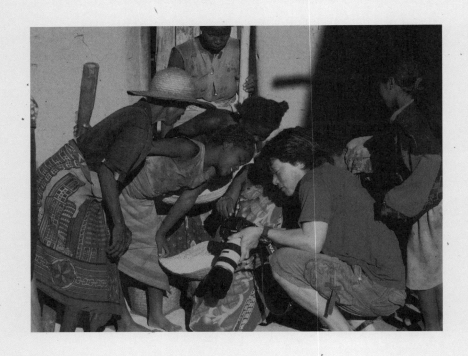

좋은 사진은 찍히는 사람과
찍는 사람의 교감이 이루어진 사진이다.

친구 만들기의 달인이 되다

"작가님 사진에는 아이들 표정이 왜 그렇게 생생해요?"
"아이들의 눈빛에 경계심이 하나도 없어요."
"어떻게 아이들이 저렇게 편안하게 다가와요?"
주위 사람들로부터 가장 많이 받는 질문이다. 특별한 방법은 없다.
'그들과 친구가 되는 것' 외에는. 최고의 촬영기법은 마음을 주는 것이다.
"이렇게 웃어 봐!"
"애야, 이쪽으로 와 봐!"
"가서 씻고 와. 사진 찍게."
내 사진 중 단 한 장도 이런 식으로 주문해서 찍은 사진은 없다.
꼬마친구들이 먼저 황금 같은 미소를 지으며 내게 다가오고 나를 친구로
알아볼 때까지 나는 기다린다. 먼저 카메라를 들이대는 게 아니라 먼저
친구가 되는 것이다. 그들과 친구가 된 후에야 비로소 나는 카메라를
든다. 친해진 다음 사진을 찍는 것, 그것은 어른이나 아이나
마찬가지였다.
그러다 보니 나는 낯선 사람들과 친해질 수 있는 방법에 관심이 많았다.

특히 어린아이들을 좋아하기에 그들과 쉽게 친해질 수 있는 방법을 알고
싶었다. 그러던 어느 날 텔레비전에서 우연히 '풍선 아트'를 알게 되었다.
'그래, 풍선 만드는 법을 배워보자.'
풍선아트 학원에 등록해서 15일 동안 풍선 만드는 법을 배웠다.
이후 어디를 가든 풍선을 가지고 다녔다. 풍선의 효과는 탁월했다.
여행지에 가서 낯선 곳에 도착하면 일단 아기를 업은 엄마에게 먼저
접근했다. 그리고 그 옆에 가만히 앉아서 풍선을 불었다.
풍선으로 푸들 강아지 하나를 만들어서 아기에게 주면 옆에 있던
아줌마가 자기 아이에게도 만들어달라고 한다.
하나 둘 사람들이 늘어나면서 순식간에 50명 가까이 몰려든다.
정신없이 풍선을 만들어주다가 고개를 들면 어느 틈에 아저씨 하나가
옆에서 작대기로 아이들 줄을 세우고 있다. 잠시 후 아저씨는 내게
공기 넣는 펌프를 달라고 해서 풍선에 바람을 넣어준다. 또 다른 사람은
옆에서 내가 하는 것을 유심히 지켜보고 있다가 배워서 같이 만들기
시작한다.
풍선은 아이들뿐만 아니라 어른들도 매우 좋아한다. 흔히 어른들은 집에
있는 아이들에게 갖다 주고 싶다며 내게 만들어달라고 한다.
한번은 어느 아저씨가 자기에게도 풍선을 만들어달라고 해서
내가 "No, only Baby."라고 하자 그 아저씨가 갑자기 무릎을 구부려
키를 낮추고 어린애처럼 "I'm Baby."라며 졸라대는 것이었다.

그 모습이 어찌나 우습던지 웃음이 절로 터져 나왔다. 그러면서 우리는
서로 친구가 된다.

여 행 첫 날 은 사 진 을 찍 지 않 는 다

마다가스카르에서 이렇게 친구가 된 아이들은 내게 훌륭한 피사체가
되어줄 뿐만 아니라 예기치 못한 선물까지 안겨주었다.
어느 날 바오밥 나무 거리를 걷고 있었는데 저만치서 한 무리의
아이들이 다급하게 나를 부르며 달려왔다.
"아저씨!"
"아저씨!"
아이들은 무작정 내 손을 잡아끌고 호숫가로 데려갔다.
그리고 손가락으로 하늘을 가리켰다.
"아!"
아이들이 가리키는 곳을 바라보는 순간 내 입에서는 절로 탄성이
나왔다. 말로 형언할 수 없이 아름답고 영롱한 무지개가 바오밥 나무
위에 걸쳐 있었다. 그것도 흔히 볼 수 없는 쌍무지개였다. 나는 호수를
등지고 있었기 때문에 미처 이 광경을 보지 못했는데 아이들이 내게
이것을 보여주기 위해 그렇게 숨 가쁘게 달려온 것이었다.

아이들 눈에도 내가 아름다운 장면을 찾아다니는 사진가로 보였나 보다.
나는 정신없이 셔터를 눌렀다. 이 사진이 바로 지금까지 가장 많은
사람들이 좋아하고 가장 많이 소개된 나의 대표작 중 하나다.
또 이 사진이 가장 비싼 가격에 팔리기도 했다. 내가 만약 아이들과
친구가 되지 않았다면 평생 찍을 수 없는 사진이었을 것이다.

사 진 사 냥 꾼 이 되 지 마 라

교감은 특별하고 어려운 게 아니다. 단지 그들과 같아지려는 마음에서
비롯된다. 에티오피아의 어느 시골을 여행할 때였다. 어느 마을에서 한
무리의 사람들이 맨발로 휴식을 취하고 있었다. 에티오피아의 시골에서
만난 사람들은 이렇게 신발을 신지 않는 경우가 많았다. 그들의 맨발을
보면서 문득 신발을 신고 있는 내 발이 민망하다는 생각이 들었다.
그래서 나도 그들처럼 신발을 벗어보았다.
시원한 황토의 촉감이 맨발에 와 닿아 기분이 좋았다. 사람들이 신발을
벗어던진 나를 의아한 듯 바라보았다. 나는 그들에게 다가가 발을
내밀었다. 그리고 의도적으로 한 남자의 발 아래에 내 발을 집어넣었다.
처음엔 의아해하던 사람들이 친구가 되려는 내 마음을 알았다는 듯이
미소를 보내주었다. 남자의 발이 내 발을 덮었다. 가볍게 내 발 위에

자신의 발을 올려놓은 남자는 미안한 표정을 지었다.

나는 이렇게 낯선 사람들과 발인사를 나눴다. 손을 잡는 것이 아닌 서로의 발을 포개놓는 발인사. 같아진다는 것은 결국 마음을 연다는 것이다. 분명 피부색은 다르지만 같은 마음으로 연결된 발인사는 소통의 시간을 갖게 했다. 그때 나는 사진을 찍기 전에 사람을 먼저 사랑하자고 다짐했다. 그렇게 다가간 피사체는 모두 나의 친구가 되었다.

나는 아이들을 보면 안고 싶어진다. 원래 스킨십을 좋아하는 편이라 어디를 가든지 아이들과 함께 뛰논다. 에티오피아에 갔을 때 아이들에게 가까이 가면 벼룩이 끓는다고 말렸지만 나는 아랑곳하지 않고 아이들을 안고 엉기며 놀았다. 결국 내 몸은 한동안 벌겋게 되어 벼룩잔치를 해야 했지만, 마음이 통하니까 상관없었다.

사진은 교감이 먼저다. 교감 없이는 결코 좋은 사진이 나올 수 없다. 교감을 하려면 기다리는 시간이 필요하다. 내가 뭔가 먼저 줄 수 있는 마음, 그것이 중요하다. 마다가스카르에서 배를 타고 가다가 한 소년을 만났는데 내가 꼬마의 발을 찍으려고 하니까 자신의 발이 창피한지 순간 발을 숨겼다. 나도 신발을 벗어 발을 지저분하게 만들었더니 소년이 다시 자기 발을 내놓았다. 우리는 발끼리 맞대고 장난을 쳤다. 그러고 나서야 사진을 찍도록 발을 보여주었다.

교감하기 위해서는 내 마음이 낮아져야 한다. 그들에게 내 마음을 보여주어야 한다. 사진가는 그들보다 우월한 존재가 아니라 그들과 같은, 어쩌면 그들에게 빚을 지고 사는 사람이기 때문이다.
결국 그런 마음들이 감동을 불러오는 것이다.

감동이 오기 전에 셔터를 누르지 마라

풍경사진도 마찬가지다. 사진은 사람에 대한 교감뿐 아니라 자연에
대한 교감도 필요하다. 먼저 풍경을 즐길 수 있어야 한다.
얼마 전 주산지라는 저수지에 다녀왔다. 주왕산국립공원 안에 있는
주산지는 왕버들이 물속에 잠긴 모습이 기가 막히고 물안개가
아름답기로 유명해서 사람들의 발걸음이 끊이지 않는 곳이다.
특히 사진에 관심 있는 사람이라면 누구나 한번쯤 가보는 곳이었다.
비록 나는 처음 가보는 곳이었지만 그간 사진이나 그림을 통해 수없이
봐서 그런지 낯설지가 않았다.
소문대로 주산지는 감격스러웠다. 나는 저수지 앞에서 비치는 물빛의
아름다운 풍광에 젖어들어 가만히 물을 들여다보고 있었다.
그 사이 내 앞으로 수많은 사람들이 왔다 갔다.
"저게 그 나무야?"
"야, 빨리빨리 사진 찍어."
"찍었어? 이제 빨리 가자!"

사람들은 버드나무가 잠긴 저수지를 배경으로 혼자 혹은 무리 지어
셔터를 눌러댔다. 그리고 사진을 찍기가 무섭게 서둘러 자리를 떴다.
여행도 즐기고 사진도 즐길 수 있는데 오로지 기록만 남기려고 온
사람들 같았다.

여행에서 단지 남에게 보여주기 위한 목적으로 찍는 사진은 좋은 작품이
될 수 없다. 내가 먼저 즐겨야 한다. 내가 행복해야 한다. 그래야 느낌이
있는 사진을 찍을 수 있다. 찍기 위한 사진이 아니라 느끼기 위한 사진이
되어야 한다. 느낌이 없는 사진은 감동이 없다.

일반인들도 자신이 그곳을 다녀왔다는 것만 기록하고 싶어 하지 충분히
즐기고 행복해할 시간과 기회를 갖지 않는다. 그런 사진은 남들에게
자랑하기 위한 기록에 지나지 않는다. 그 가운데서 본인은 결코
행복하지 않다. 소위 '인증샷'으로 "나 여기 있었어." "나 거기 있었어."
식으로 기념사진을 찍는 것이 여행의 큰 목적이 되어서는 안 된다.
자연은 오랫동안 지켜보면 볼수록 새로운 것이 보이게 마련이다.
처음에는 보이지 않던 것도 시간이 지날수록 눈에 띄어 좋은 사진을
찍을 수 있다. 풍경과 친해지고 존중하며 교감하면 자연은 가장
아름다운 모습을 선물한다.

내가 쓴 포토에세이 『감동이 오기 전에 셔터를 누르지 마라』에 감동
받은 독자가 "이제부터는 셔터를 신중히 눌러야겠다."는 내용의 메일을
보내왔다. 나는 이렇게 답장을 보냈다.

"당신이 누른 모든 셔터에는 감동이 있습니다. 많이 찍으세요. 대신
사물을 깊이 바라보면서 무엇을 찍을 것인가에 대한 고민을 하세요."
사진을 찍으려고 셔터를 누르려는 순간 이미 감동은 온 것이다.
그러나 감동만으로 쉽게 셔터를 눌러대지 말고 조금 더 신중하게
찍으라는 말이다. 기다려 찍은 사진에는 분명 이야기가 있다.
그 기다림을 달게 즐길 줄 아는 사람은 그 순간을 가슴에 새길 수 있다.

사진을 한 단계
업그레이드 하는 법

사진을 한 단계 업그레이드 하려면 의식을 갖고 찍어야 한다.

그러다 보면 사진이 깊어지고 풍요로워진다.

아 마 추 어 와 프 로 의 차 이

아마추어 사진작가와 프로 사진작가의 구분은 그들의 대화만 들어도
짐작할 수 있다. 프로 사진작가는 이렇게 말한다.
"요즘 무슨 작업 하고 있어?"
반면에 이렇게 묻는 사람들이 있다.
"요즘 무슨 카메라 써?"
아마추어는 전시장에서 사진을 봐도 "어, 이 카메라 뭐야?"
"작가님, 무슨 카메라 쓰세요?" 이런 질문부터 한다.
프로는 카메라보다 주로 사진에 대해 이야기를 하지만 아마추어는
사진보다 카메라 이야기를 많이 한다. 아마추어는 사진에 대한
진지함보다 카메라에 대한 진지함이 더 강하다는 말이다.
아마추어는 내년에 어떤 신형 카메라가 나올지 모델 이름까지 정확히
꿰뚫고 있다.
카메라에 관한 그들의 지식은 무척 정확해서 1년 후에 어떤 모델이
나온다고 하면 어김없이 나올 정도다. 그리고 아마추어들은 사진에 대한
경쟁이 아니라 카메라에 대한 경쟁을 더 많이 한다. 그래서 동호회나

사진모임에 나가면 사진 실력이 느는 게 아니라 카메라가 바뀐다.
보통 사람들은 카메라가 중요하다고 생각하지만 나는 카메라에 애정이
없다. 카메라는 무생물이다.

카메라에 생명을 불어넣는 것은 첨단 기능이 아니라 내 감성이다.
카메라는 도구이고 기계일 뿐이다. 그러나 사람들은 카메라에 필요
이상의 애착을 갖는다. 내가 카메라를 팔 때 마음이 아팠던 것은
카메라가 아까워서가 아니라 이걸 팔아서 생활한다는 것 자체가
서글퍼서였다.

또 한 가지 카메라에 대한 잘못된 생각은 "사진은 수동으로 찍어야
한다."는 고정관념이다. 특히 초보자가 동호회에 처음 오면 그렇게
가르치는 경우가 많은데 이것은 잘못된 생각이다. 자동차에 오토와
수동이 있듯 자동 카메라는 편하게 사진을 찍을 수 있도록 어렵고
복잡하고 불편한 기능을 단순화한 것이다. 꼭 수동이 더 좋다고 주장할
수는 없다. 가끔 수동이 필요할 때가 있지만 그런 경우는 1년에 열 번도
안 된다. 초보자에게는 오토가 더 좋을 수도 있다.

그리고 사진에 대한 또 한 가지 잘못된 편견은 포토샵에 관한 것이다.
"작가님도 포토샵 사용하세요?"

사진강의를 할 때마다 종종 이런 질문을 받는데 이 말은 여자에게
"당신도 화장을 하세요?" 하고 묻는 것과 마찬가지다. 아무리
미인이라도 외출할 때 거울을 보고 머리 빗고 화장을 하는 것처럼

아무리 사진을 잘 찍어도 포토샵은 필요하다.

필름 사진은 정확한 노출을 놓고 찍으면 내가 생각한 대로 나오지만, 디지털 사진은 그렇지 않다. 내가 생각했던 것보다 안 나올 때가 많다. 그래서 내가 생각했던 대로 고치는 것이 포토샵 작업이다.

포토샵 작업이란 '티 안 나게 화장하는' 것과 같다. 부족한 것을 메워주는 역할이다.

내가 하는 포토샵 작업은 원색을 찾아가는 작업이다. 부족한 것을 좀 더 진하게, 좀 더 밝게 하는 정도의 포토샵이다. 포토샵을 한다고 해서 완전히 성형하는 것으로 생각하지 말기 바란다. 지나친 포토샵으로 사진을 시체로 만들어버리면 안 된다. 대충 찍고 포토샵으로 처리한다는 생각으로 사진을 찍으면 절대 안 된다. 사진은 있는 그대로 묘사하는 게 중요하다. 포토샵을 지나치게 하면 처음에는 멋있어 보이지만 오래 볼수록 자연적인 맛, 인간적인 맛이 떨어진다.

마지막으로 "필름이 디지털보다 좋다."고 고집하는 사람들의 생각이다. 이런 사람들에게 필름과 디지털 두 가지 사진을 앞에 놓고 골라보라고 하면 거의가 구별하지 못한다. 그만큼 차이가 미세하다는 뜻이다. 작품사진을 찍는 사람은 필름으로 찍겠지만, 그렇지 않은 사람들은 자기가 편한 것으로 찍으면 된다. 굳이 필름을 고집하고 수동을 고집할 필요가 없다는 것이 내 생각이다.

카메라로 무엇을 찍을 것인가?

"어떤 것을 찍어야 하나요?"

사진을 처음 시작하는 사람들이 내게 주로 질문하는 내용이다.

초보자 가운데 무엇을 찍어야 할지 모르는 사람들이 많다.

자신이 무엇을 좋아하는지, 어떤 주제가 자신에게 맞는지 모른다.

하나의 주제를 오래 생각하면 생각의 깊이가 더해지듯이 사진도 주제를

가지고 길게 가야 한다. 하나의 주제를 정하고 긴 호흡으로 찍다 보면

사진에 '심도'가 생긴다. 나는 그것이 마음의 길이라고 생각한다.

나는 사진을 시작할 때 여성잡지를 보고 똑같이 여자친구를 프레임에

담아보았다. 그냥 보기만 하는 것과 직접 찍어보는 것은 완전히 다르다.

이렇게 분야를 정해 자주 따라하다 보면 자신이 무엇을 좋아하는지

알게 되고 어느덧 자기 것이 생긴다.

자주 따라하는 것이 자기 취향이기 때문이다.

그것이 결국 자기의 콘셉트가 될 수 있다.

나는 한때 버려진 신발만 찾아다닌 적이 있다. 어느 날 낡은 내 신발을

버리려다가 문득 이 신발 하나에 나의 삶이 녹아 있다는 생각이 들었다.

함께 산야를 누비기도 하고, 전시회를 준비하며 수없이 건물을

뛰어다니기도 했던, 나를 지탱해주고 나와 삶을 함께했던 신발이었다.

그때부터 낡은 신발, 버려진 신발에 연민이 생겼고 관심을 가지고 찾게

되었다.

'저 신발의 주인은 누구였을까?'

신발에는 그 사람의 삶이 녹아 있다. 뒤축이 닳고 앞이 다 헤지도록 너덜너덜한 신발을 보면 주인이 얼마나 고단하고 신산한 삶을 살아왔는지 어느 정도는 짐작할 수 있었다. 누군가에게 한때는 분명히 사랑받았을 텐데 결국 버려지는 신발은 많은 생각을 하게 했다.

쓰레기통에 버려진 운동화, 한 짝을 잃어버린 구두, 흙 속에 박힌 슬리퍼 등을 찍다가 나중에는 신발을 신고 있는 사람의 사진을 찍게 되었다. 그러나 분명한 것은 그것도 언젠가는 버려질 것이라는 사실이었다. 그러다 보니 이 처지나 저 처지나 똑같다는 생각이 들었다.

나중에는 새 신발을 찍었다. 그러다 문득 이런 생각이 들었다.

'나도 건강하지만 언젠가는 죽을 거야.'

부단히 걸어다녀야 하는 고단한 신발과 내 인생을 비교해 보니 똑같았다. 사진작가는 자신의 사진에 생각을 주입하고 의미를 둘 수 있어야 한다. 그런 사진이 생명력 있는 사진이 될 수 있다.

사진을 한 단계 업그레이드 하려면 의식을 갖고 찍어야 한다. 그러다 보면 사진이 깊어지고 풍요로워진다.

자신의 사진이 의미가 담긴 깊이 있는 사진이 되기 위해서는 카메라만 메고 무작정 나가서는 안 된다. 무엇을 찍을지 먼저 생각하고 나가야 한다. 만일 의자를 찍으려고 정했다면 처음에는 의자만 보일 것이다.

제일 먼저 생각나는 게 벤치일지도 모른다. 그러다가 시간이 지나면
돌이 보인다. 또 자전거의 안장도, 길거리의 박스도 의자로 보인다.
그러다 아이를 목마 태우고 가는 아버지의 어깨, 엄마가 아이를
앉혀놓은 무릎이 눈에 들어온다. 다양한 의자들이 보이기 시작하는
것이다.

처음에는 단순히 실물 의자만을 찍었다가 나중에는 누군가에게 의자가
되는 사람을 찍으면서 해석이 깊어진다. 하나를 깊이 생각하면 삶을
깊이 볼 수 있는 시각이 생긴다.

결국에는 의자가 주제가 아닌 부제로 밀려나고, 진짜 자신의 마음속에
있는 것을 찍을 수 있다. 의자에 대한 자신의 철학이 생기는 것이다.
그러면서 자신의 삶, 우리 모두의 삶을 깊이 바라보게 된다.

이런 식으로 주제가 열 개 정도 만들어지면 못 찍을 사진이 없다.
초보에서 벗어나려면 이런 식으로 하나의 주제를 가지고 오랫동안
찍어보아야 한다. 또 하나의 주제가 있어야 나중에 전시회를 할 때에도
도움이 된다.

사진은 따지지 않고 그저 즐기는 것

충무아트홀에서 전시회를 할 때였다. 학생인 듯한 젊은이가 전시장을

둘러보다가 나를 보자 반가운 기색으로 달려왔다.

"신미식 작가님 맞으시죠?"

"네, 그런데요."

"저어, 너무 궁금한 게 있습니다."

아주 진지한 얼굴을 하고 묻기에 무슨 질문을 할까 싶어 바짝 긴장이
되었다.

"포토샵을 어떻게 하시는 거예요?"

그는 재차 물었다.

"근데 카메라는 뭘 쓰세요?"

순간 할 말을 잃었다. 그건 마치 가수에게 마이크는 뭘 쓰느냐고 묻는
것과 같은 질문이었다. 전시회에 와서 사진을 즐기기보다는 다른 것에
더 관심을 갖는 사람들이 의외로 많다. 그런 사람들을 볼 때마다
안타까운 마음이 든다.

이뿐만이 아니다. 나는 전시회를 할 때마다 사진을 크게 확대해서
걸어놓곤 하는데 내가 전시회장에 큰 사진을 걸어두는 이유는 이왕이면
멀리서도 감상할 수 있도록 해주고 싶어서이다. 이렇게 큰 사진을
뽑다 보면 간혹 상태가 안 좋은 부분도 나타나기 마련이다.

그런데 전시장을 찾는 사람들 중에는 사진을 즐기고 감상하기보다
가까이 가서 코를 박고 들여다보면서 "노이즈가 꼈네." "핀트가 잘 안
맞았네." 등등 흠을 찾아내는 사람들이 종종 있다. 또 노출이 얼마인지,

조리개가 얼마인지를 분석하고 따지기도 한다.

"액자가 원목인데 꽤 비싸겠는 걸."

사진 전시장에 가서는 그저 사진 자체를 보고 즐겨야 함에도 이렇게 분석을 하는 것이다. 그것은 자기 사진에 대해서도 마찬가지다.

처음 사진을 시작한 사람이 블로그에 자기 사진을 올릴 때는 그 일을 순수하게 즐기면서 시작한다. 그러나 어느 순간 남의 평가에 민감해지고 스트레스를 받으면서 사진 올리기를 주저하게 된다. 직업이 아님에도 불구하고 "독자들이 즐거워할까?"를 걱정하는 것이다.

처음에는 사진의 구도가 안 맞거나 초점이 안 맞아도 자신의 삶을 있는 그대로 자연스럽게 찍어서 올리다가, 인기를 얻어 방문하는 이웃들이 많아지면 일상의 사진이 점점 사라지고 작품사진만을 올리려고 한다. 그때부터 스트레스를 받기 시작한다. 일상의 활력을 주기 위해 시작했던 사진이 스트레스가 되면서 즐거움을 잃는다. 그런 사람 중에는 누군가 악플을 달면 심지어 블로그를 닫아버리는 사람도 있다.

너무 남의 평가에만 신경을 쓴 것이다. 그런 스트레스는 작가만으로도 충분하다. 사진은 즐기기 위한 것이니 아마추어들은 제발 이런 스트레스를 버렸으면 좋겠다.

사진으로
할 수 있는 일들

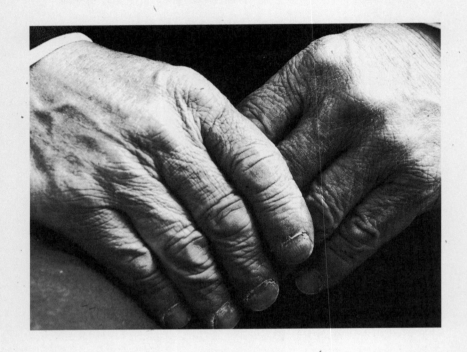

"부모님 사진을 1년에 두 번 이상은 꼭 찍어 드리세요."
내가 사진 강의를 할 때마다 가장 강조하는 말이다.

영정사진을 찍는 날은 잔칫날

금호아트홀에서 디자이너로 일할 때 예기치 않게 200만 원이 수중에
들어왔다. 처음엔 공돈이 생겼다는 생각에 여행을 가려고 했다.
그런데 왠지 그 돈을 여행비용으로 쓰면 안 될 것 같았다.
'무언가 좋은 일에 써야 하지 않을까?'
그 즈음 내가 다니고 있던 온누리교회의 청년부에서 연락이 왔다.
이번 여름에 교회 청년들이 문경으로 농촌봉사를 하러 가는데 동네
어르신들께 영정사진을 찍어주는 프로그램이 있다고 했다.
"혹시 형이 그분들께 영정사진 좀 찍어주실 수 있어요?"
"영정사진?"
뜬금없이 영정사진이라는 말에 당황스러웠다. 많은 인물 사진을
찍어봤지만 영정사진은 한번도 찍어보지 않았기 때문이다.
'영정'이란 말이 주는 느낌부터 우울하고 무거웠다.
"어르신이 대략 몇 분 정도 되는데?"
썩 내키지 않는 마음으로 물었다.
"약 100명 정도래요."

그 청년은 내가 이미 반은 승낙한 것으로 알아들었는지 신이 나서
대답했다. 액자와 인화비용 등 어림잡아 계산해보니 1인당 2만 원
정도는 소요될 것 같았다. 100명이면 딱 200만 원이 필요했다.

"예산은 있어?"

"아직 없어요. 그래서 기도하고 있어요."

'하나님은 어찌 이리도 정확하실까!'

전화를 끊고 인터넷 사이트에서 원목액자 가격을 알아보니 한 개당
15,000원 정도였다.

'이왕 하는 거 좋은 것으로 하자.'

나는 질 좋은 원목 액자 100개를 주문해서 농촌봉사 장소인 문경으로
미리 보냈다. 떠나기 전만 해도 영정사진은 '죽음을 앞둔 사진'이라는
생각에 마음이 무거웠다. 그러나 이런 나의 무거운 마음은 촬영 날
여지없이 깨졌다.

아침부터 할머니와 할아버지들이 사진을 찍으러 오셨다.

첫 번째 손님(?)인 할머니가 의자에 털썩 앉으며 말했다.

"죽은 사진 찍는거? 죽을 때가 되니까 이런 걸 다 찍네."

그러나 말과는 달리 표정은 매우 밝으셨다.

"할머니 무슨 소리세요? 예쁠 때 미리 찍어놓으려고 하는 거지요.
예쁘니까 찍는 거예요."

"그럼 어디 예쁘게 한 번 잘 찍어봐!"

그러자 옆에 있던 할머니가 거들었다.

"웃어봐, 이 노인네야."

나도 너스레를 떨며 거들었다.

"할머니, 무지하게 예쁘다."

"시집 또 가도 되겠네."

사진을 찍은 할머니가 저고리를 벗어서 다음 차례의 할머니에게 주었다.
한 분의 저고리를 50명이 갈아입으며 사진을 찍었다. 아랫도리는 거의
고쟁이 차림이었다.

"웃어봐. 아우 예쁘다."

한분이 찍을 때마다 옆에서 웃고 떠들며 놀려댔다.

평균 80세 이상 되신 그분들은 한 동네에서 최소 50~60년 이상을
사신 분들이었다. 쑥스러워서 안나온 분들은 집에 가서 억지로 모셔다가
사진을 찍어 드렸다.

촬영이 끝나자 이장님이 교회 청년들을 초대해서 고구마와 과일 등
먹을 것을 잔뜩 내 오셨고 남은 것은 싸 주셨다.

그날 밤 밤차를 타고 서울로 올라왔다. 도착하자마자 필름을 현상소에
맡긴 후 다음날 아침 일찍 사진을 찾아 다시 문경으로 갔다. 그리고 사진
한 장 한 장을 액자에 넣어서 나눠 드렸다. 이왕이면 농촌봉사 기간에
나눠 드려야 그분들이 기뻐할 것 같았기 때문이다.

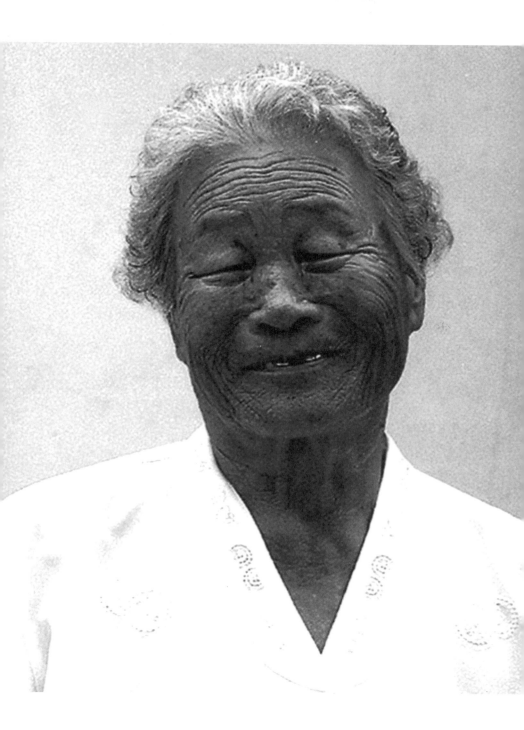

그런데 내 기대와는 달리 막상 사진 액자를 받아든 그분들의 표정이
그리 밝지가 않았다. 사진을 찍을 때와는 전혀 다른 모습이었다.
얼마 후 사진을 찍어드린 집 중 한 곳을 방문하게 됐다. 그 집에는 내가
드린 사진 액자가 보이질 않았다.

"할머니, 왜 제가 찍은 사진 안 걸어 놓으셨어요?"

나는 망설이다가 여쭤 보았다.

"내 모습이 보기 싫어서 그래. 주름이 너무 많아!"

그 말을 듣는 순간 섭섭한 마음이 들었다. 할머니와 할아버지의 주름과
검버섯은 그분들의 삶의 흔적이라고 생각해서 모두 그대로 두었던
것이다.

그러나 돌아오면서 생각해보니 그것은 내 생각이었다는 것을 깨달았다.
나는 영정사진을 하나의 '다큐'라고 생각했다. 그러나 영정사진은
작품사진이 아니었던 것이다.

'그렇지. 영정사진은 나를 위한 사진이 아니라 바로 그분들을 위한
사진이지.'

나는 돌아와서 밤새워 얼굴의 주름을 지우는 작업을 했다.

이튿날 문경으로 내려가서 사진을 전해 드렸다. 실제보다 10년 이상
젊어 보이는 사진들을 받아들자 그제야 표정이 환해지셨다.

"아유, 사진이 너무 예쁘게 나왔네."

"자네가 사진을 잘 찍는구먼!"

그분들의 기뻐하는 모습을 보며 비로소 깨달았다.

'영정사진은 나를 위한 사진이 아니라 이분들이 보고 행복해야 하는
것이구나.'

그때부터 기회 있을 때마다 영정사진을 찍으러 다녔다. 사진을 찍을
때마다 할머니와 할아버지의 모습에서 나의 어머니와 아버지의 모습을
보았다.

70대 어르신, 20명이 만 원씩 돈을 거둬 사진을 사다

인도여행을 마치고 얼마 지나지 않아 내가 전시회를 열었던 곳에서
전화가 왔다.

"신미식 선생님이시죠?"

"네, 무슨 일이시죠?"

"선생님의 작품 구입 때문에 두 분이 연락처를 남기고 가셨습니다."

"지금 한 분은 이곳에 와 계신데 직접 통화해 보시겠어요?"

"네, 바꿔주세요."

"안녕하세요?"

전화기를 타고 들려온 목소리는 할아버지였다. 연세가 73세라는 그분은
동숭동의 노인 회장이라고 했다.

내가 여행을 간 사이 우연히 전시장을 찾았다가 마음에 드는 사진을
발견하여 노인회의 친구 분들을 모시고 단체관람을 했다고 했다.
그리고 두 점의 사진을 구입하고 싶다고 했다. 그런데 작품 가격이
부담스러워서 나를 만나서 부탁하려고 내가 여행에서 돌아오기만을
기다리셨다는 것이다. 작품 구입을 위해 스무 명의 어르신들이 만 원씩
거둬 20만 원을 봉투에 넣고 다니셨다는 할아버지의 말씀에 가슴이
짠해졌다.

"신 선생님, 언제 시간이 되시나요?"

"어르신 시간에 맞추어서 제가 내일 찾아뵙겠습니다."
"아, 그래 주시면 너무 감사하지요."

어르신과 만나기로 한 날 나는 두 점의 사진을 챙겨 약속 장소인
노인정으로 향했다. 중학교의 교장 선생님을 지내셨다는 어르신은
나에게 연신 감사하다는 말씀을 하셨다.
앞으로 열리는 내 전시회에 노인회에서 단체로 참석하기로 했다며
헤어질 무렵 주머니에서 꾸깃꾸깃해진 하얀 봉투를 꺼내셨다.
"선생님, 정말 미안합니다. 많이 넣지를 못해서요."
"허허, 시간이 오래 지나서 봉투가 많이 헤졌네요."
어르신은 봉투를 건네며 겸연쩍어하셨다.
"저희 노인회관에 선생님의 작품을 걸 수 있게 되어 영광입니다."
나는 어르신이 내미는 그 봉투를 받기가 민망했다. 분명 그 봉투 안에는
20만 원의 돈이 들어있을 터였다. 그 돈은 작품 값의 10분의 1도 안 되는
돈이었지만 2,000만 원 이상의 가치로 여겨졌다.
나는 어르신이 주신 20만 원을 쓸 수가 없었다. 아무리 생각해봐도
이 돈을 내가 사용하면 안 될 것 같았다. 곰곰이 생각하다가 아버지를
위해 써야겠다고 생각했다.
아버지는 교통사고 후 병원에 계시면서 봉사하러 오는 분들에게 가끔씩
용돈을 쥐어주셨다. 그래서 형제들이 아버지의 옷 주머니에 몇 만원씩

넣어 드리고는 했다.

'그동안 아버지께 용돈 한 번 변변히 드리지도 못했는데……'

그래서 나는 막내아들의 작품 값으로 받은 귀한 돈을 아버지의 품에
안겨드리고 싶었다.

결국 그 봉투는 내가 아버지께 드린 마지막 용돈이 되고 말았다.

동시에 내가 아버지께 드린 가장 의미 있는 선물이었다.

45세에 처음으로 깨달은 아버지의 사랑

공사현장에서 페인트칠을 하셨던 아버지는 어릴 때부터 매우 엄하고
무서운 분이었다. 형제들 중 내가 가장 많은 야단을 맞고 자랐다.

식사할 때 생선을 먹으면 생선을 밝힌다고 혼내고 인사할 때도 90도로
안 숙였다고 혼나는 등 늘 구박을 받았다. 한번도 내게 다정하게 대해
주거나 칭찬을 해 주신 적이 없어 나는 막연히 아버지가 나만
미워하신다고 생각했다.

그런 아버지의 사랑을 깨달은 건 내 나이 마흔 다섯 살 때였다.

몹시 추운 설날이었다. 그날도 아버지께 세배를 드린 후 '집에 언제
갈까' 하고 눈치만 보고 있었는데 아버지가 내게 자동차 열쇠를 달라고

하셨다. 그러더니 손수 박스 두 개를 내 자동차 트렁크에 실으시는 것이었다. 내가 차에 시동을 걸자 이렇게 말씀하셨다.

"가다가 길이 미끄러우면 박스에서 꺼내서 깨면서 가거라."

알고 보니 박스에는 연탄재가 가득 실려 있었던 것이다. 아버지는 내 차가 보이지 않을 때까지 계속 자리에 서서 지켜보셨다. 아버지가 나를 지켜보시는 모습을 보자 가슴이 뭉클해졌다.

'아, 아버지가 나를 사랑하고 계셨구나. 그동안 표현하지 않은 것뿐이었구나.'

나는 그때 처음으로 아버지의 사랑을 깨달을 수 있었다.

이후 추석 때 아버지와 선산으로 성묘를 갔는데 산에 밤이 많이 열려 있었다. 주렁주렁 열려 있는 밤나무를 올려다보던 아버지가

"밤 좀 따야겠다."고 하셨다. 당연히 젊은 내가 나무에 올라가려고 했는데 아버지가 나를 밀어 내셨다. 그리고는 말릴 새도 없이 당신이 밤나무 위로 올라가시는 게 아닌가. 90대의 노인이 아들을 밀어 내고 직접 밤나무에 올라가서 밤을 따셨다.

아버지가 나무 위에서 밤나무를 흔들며 소리치셨다.

"위험하다. 밤송이 떨어지니까 저 멀리 피해 있거라."

'아, 이것이 아버지의 마음이구나.'

아버지의 사랑은 밤송이처럼 깊숙이 감춰져 있었던 것이다. 나는 그렇게 뒤늦게 서야 아버지의 사랑을 느끼게 되었다.

그런 아버지가 교통사고를 당하셨다. 그때부터 아버지는 예전 모습이
아니셨다. 겨우 눈을 뜨셨고 나를 잘 알아보지도 못하셨으며 내 이름도
간신히 부르셨다. 손은 마른 나뭇가지 같았다. 그런 아버지를 곁에서
바라보는 것은 힘겨운 일이었다.

그날도 병원에 들렀다가 나오려고 하는데 아버지가 휠체어에서
일어나려고 하셨다. 모두가 말렸지만 아버지는 생각을 꺾지 않으셨다.

"아버지, 그냥 앉아계세요."

힘겹게 일어나신 아버지는 나에게 알아듣기 힘든 목소리로 얼른 서울로
올라가라고 하셨다. 아들을 잡아두는 것이 못내 불안하셨던 모양이었다.
그런 후 복도 끝에 있는 베란다로 가자고 하셨다. 처음에는 무슨
일이신가 했는데 아버지는 막내아들의 모습을 베란다에서라도 지켜보고
싶으셨던 것이었다. 돌아가는 아들의 모습을 지켜보고 싶어서 힘겹게
일어나신 것이었다.

계단을 다 내려와 주차장을 향해 걸어가는데 아버지는 손 한번 흔드시지
못하고 나를 바라보고 계셨다. 내 등이 싸늘해지도록 아파 왔다.
흐르는 눈물을 간신히 가슴에 쏟아내고서야 차에 탈 수 있었다.
서울로 올라오는 내내 심장을 두드리듯 귓가에 맴도는 소리.

탁~탁~탁~탁~

"부모님 사진을 1년에 두 번 이상은 꼭 찍어 드리세요."

내가 사진 강의를 할 때마다 가장 강조하는 말이다. 적어도 해마다 부모님 생신 때라도 찍어 드리라고 말한다.

대부분의 사람들은 아이 돌 사진, 백일 사진, 유치원 사진 등 자녀들의 사진은 많이 찍으면서 부모님 사진에는 무심한 경우가 많다.

매년 부모님의 사진을 찍다보면 두 분이 나이 들어가시는 모습을 보게 될 것이다. 나는 사진을 여기에서부터 시작하기를 바란다.

그렇게 해마다 사진을 찍어 드리다 보면 어느 순간 한 분이 없어질 것이다. 한 분이 돌아가시면 멈추지 말고 남은 한 분을 계속 찍어 드려라. 한 분을 찍으면서 그 빈자리를 생각하게 될 것이다.

'아버님이 안 계신 저 빈자리를 누가 채울까.'

그리고 그 빈자리를 누가 채울 것인지 생각하게 된다.

"아, 저 빈자리를 내가 채워 드려야겠구나."

사진을 안 찍으면 이런 것을 느끼지 못한다. 기록을 남기는 것과 남기지 않는 것에는 큰 차이가 있다. 그리고 어느새 사진을 찍고 싶어도 더 이상 찍을 수 없을 때가 올 것이다.

20년 동안 1년에 두 번씩 사진을 찍으면 총 40장이 된다. 이 사진들을 전시하면 이것이야말로 20년짜리 진정한 다큐멘터리가 된다.

내가 해보지 못한 일이기에 어쩌면 더욱 이 말을 강조하는지도 모른다.

나는
희망을 찍는다

실험적인 사진, 구도가 멋진 사진도 좋지만
내가 정말 찍고 싶은 사진은 '사람냄새' 나는 사진이다.

나는 그저 손을 잡아주었을 뿐인데……

몇 년 전 에티오피아에서 활동 중인 NGO 단체 비전케어서비스의
자원봉사자로 일할 기회가 있다. 비전케어서비스는 의료봉사단체로
안과를 담당하고 있었다. 빛을 보지 못하는 사람들에게 빛을 찾아주는
일, 가난으로 인해 의료 혜택을 받지 못하는 사람들에게 귀한 선물이
될 일에 나는 사진으로 그들의 감동적인 일상을 담는 역할을 맡았다.
처음 그곳에 진료를 받으러 온 사람들의 표정은 심하게 굳어 있었다.
어쩌면 평생 처음일지도 모르는 수술을 하게 되었으니 두려움이 오죽
했겠는가. 수술을 기다리고 있던 할머니가 침대에서 몹시 불안해하며
떨고 있는 모습이 눈에 들어왔다. 보기에도 안타까울 정도로 할머니는
초조하고 불안해 하셨다. 나는 비록 그곳의 사진사에 불과했지만
카메라를 내려놓고 나뭇가지처럼 메마른 할머니의 손 위에 내 손을
얹었다. 할머니의 차고 메마른 손에서 힘겹게 살아온 시간이 느껴졌다.
얼마 후 수술을 마치고 일어난 할머니는 두려운 표정에서 벗어나
어린애 같은 미소를 띠며 내 손을 잡고 감사하다고 말했다.

수술은 의사가 했고 나는 그저 손을 잡아주었을 뿐이지만, 할머니는
내게도 감사의 인사를 건넸다.

수술 전 두려움과 긴장 속에 있다가 무사히 수술을 마친 후에 짓는
안도의 미소는 너무나 아름답다. 기다릴 때의 주눅 든 모습은 온데간데
없고 모두가 해맑은 아이들 같은 표정이다. 나는 그분들이 오래도록
아름다운 세상을 보면서 살아가기를 기도하며 아름다운 미소와 표정에
셔터를 누른다.

'사 람 냄 새' 나 는   사 진

나는 사진보다 사람을 더 좋아한다. 내가 여행을 사랑하는 이유도
풍경보다 그곳에서 만나는 사람이 좋기 때문이다. 아무리 많은 사진을
찍어도 가슴에 아로새겨지는 것은 사람이고, 아무리 많은 곳을 보아도
마음에 담겨지는 것은 결국 사람들의 표정과 몸짓이다. 그리고 여행자와
현지인들이 서로를 바라보는 순간에 교차되는 미묘한 설레임의 감정을
사랑한다.

나에게 여행과 사진은 사람을 만나고 마음을 나누며 친해지는 과정이다.
내 사진에는 유명한 건물이 거의 없다. 나는 파리의 에펠탑보다 에펠탑
밑에서 쉬고 있는 사람들이 더 중요하고, 그들의 일상에 더 마음이

끌린다. 특히 아이들과 노인들의 모습에서 나와 내 부모를 떠올릴 때가 많다. 그럴 때마다 나는 여행이 주는 행복을 느낀다. 내가 나고 자란 곳이 아닌 낯선 곳에서 만나는 사람들의 순박한 모습은 나에게 최고의 선물이다. 긴 여행 동안 외롭고 참담한 순간들도 많았지만, 나는 곧 사랑하는 사람을 만날 기대에 부풀어 괴로움을 이겨낸다.

처음 여행할 때는 유럽의 오래된 문화를 좋아했다. 하지만 이제는 제3세계의 아이들을 만나는 것이 더 큰 즐거움이다. 바람이 있다면 그 아이들과 스스럼없이 친구가 되는 것이다.

마다가스카르에서 친해진 아이가 있었는데, 그 아이를 세 번째 만났을 때 아이는 영어를 배워 나와 이야기를 나누고 싶다고 했다.

나는 아이에게 6개월분 영어학원비 200달러를 주었다. 약속대로 그 아이는 나와 네 번째 만났을 때 영어로 인사를 나누었다.

우리는 만난 지 네 번 만에 처음으로 의사소통을 할 수 있었다.

실험적인 사진, 구도가 멋진 사진도 좋지만 내가 정말 찍고 싶은 사진은 '사람냄새' 나는 사진이다. 사진은 결국 사람을 담는 것이고, 사람을 담는 것은 마음으로부터 상대방에 대한 존중을 드러내는 것이다.

사람을 존중하는 그 마음이 내 사진이다.

가난한 사람을 동정하지 않는 사진가

내 사진은 희망이다. 나는 가난한 나라를 가도 희망을 찍는다.

"아프리카를 동정하지 않는 사진가"

대부분의 사람들이 나의 사진을 보고 이렇게 말한다. 내게는 실제
그들이 불쌍하게 보이지 않는다.

대부분의 사람들이 아프리카 하면 떠올리는 단어가 배고픔과 가난이다.
직접 가보지 않은 곳을 이렇게 연상하는 까닭은 우리의 선입견과 편견
때문이다.

아프리카에서, 안데스에서, 아시아에서, 개발 제로의 오지에서 아이들은
더없이 해맑고 행복하다. 행복한 그들을 지레짐작으로 공연히 연민의
눈으로 바라보는 시각이 오히려 문제다. 경제적으로 가난한 것은 불쌍한
것이 아니다. 그곳엔 비록 전기가 없지만 촛불을 켜고 나누는 가족 간의
대화가 있다. 정전이 되고 컴퓨터가 없으면 불행한 건 우리가 아닌가?

'희망을 찍는 작가.'

'희망정거장.'

사람들이 언제부턴가 내게 붙여준 닉네임이다. 내가 그들에게서 행복한
모습을 찾을 수 있었던 것은 그들의 모습 속에 바로 나의 어린 시절이
담겨 있었기 때문이리라. 나는 초등학교 6년 동안 도시락 한번 싸간 적이
없고, 수학여행 한번 가지 못했으며, 늘 헌책에 찢어진 바지만 입었지만

한 번도 내가 불행하다고 생각해본 적이 없었다. 나의 어릴 적 꿈은
방 두 칸짜리 집에서 사는 것이었다. 우리 집은 단칸방에서 온 식구가
함께 잠을 잤는데, 한방에서 열 명 정도가 함께 자려면 머리와 다리
방향을 반대로 하여 칼잠을 자야 했다. 한번 누우면 몸을 옆으로 돌릴
수도 없었다.

그 사이에서 반듯하게 누워 잠을 자는 훈련을 하다 보니 절로 잠버릇이
좋을 수밖에 없었다. 한번은 내가 너무 얌전하게 자고 있으니까 숨을
안 쉬는 줄 알았다고 할 정도였다. 외국사람이 이런 나를 보았다면
얼마나 불쌍하게 생각했겠는가. 그러나 나는 행복했다. 가족이 있고
집이 있고 놀 수 있는 친구가 있었다. 아프리카의 어린이들도 이처럼
행복하게 지내고 있었다.

사람들은 내가 낮은 곳을 바라보고 사진을 찍는다고 하지만, 내게는
낮은 곳이 아니라 내가 있던 곳이다. 낮은 사람들, 가난한 사람들,
소외된 사람들을 바라보면 나와 같다는 느낌을 갖게 된다.

내가 노숙자를 비롯해서 밑바닥 삶을 살아봤기에 아프리카 아이들이
하나도 불쌍해 보이지 않았고, 가난했지만 불행하다는 생각은 하지
않았기에 아프리카 아이들도 동정하지 않는다. 동정은커녕 오히려
동질감을 느끼면서 그들의 삶을 소중하게 여기고 그들 속에 있는 희망을
발견했으며, 그 안에 있는 행복을 담아내고 싶었다.

나는 아프리카를 찍을 때 가난이 아프리카의 전부가 아니라는 메시지를

담고 싶었다. 가난 속에 박혀 있는 밝은 무지개를 보여주고 싶었다.

가난한 나라지만 밝고 아름다운 아이들이 있다는 것을 보여주고 싶었다.

만약 내가 부유하게 살아왔다면 쉽게 그렇게 못했을지도 모른다.

동화작가 안데르센이 가난했기에 『성냥팔이 소녀』를 썼고 못생겼다고
놀림을 받았기에 『미운 오리새끼』를 쓸 수 있었듯이, 내가 가난했기에
그들을 동정의 눈으로 쳐다보지 않고 성큼 다가가 그들 속의 행복을
찍을 수 있었던 것이다.

또 내가 지독한 외로움을 맛보았기에 외로운 이들을 격려하는 방법을
알았고 지독한 가난을 경험했기에 가난한 사람들의 마음을 위로할 수
있었다.

여행사진가는 이국적인 풍경을 찍는 사람이 아니다.

다른 나라, 다른 사람들을 통해 자신의 행복을 발견하는 사람이다.

'보이지는 않지만 느껴지는 것.'

'말할 순 없지만 분명 존재하는 것.'

나는 이것들을 사진에 담고 싶다.

Chapter 4

사진을 준비하는 사람들에게 들려주고 싶은 이야기

★ '진짜 사진작가란 무엇일까'를 고민했던 저자. 그는 일반 독자에게 다가가는 사진을 찍을 것인지 아니면 사진작가로 명성을 얻는 사진을 찍을 것인지 고민을 했다. 이런 고민을 날려버린 것은 저자의 사진에 대한 독자들의 반응이었다. 죽음의 두려움 앞에서 자신의 사진이 힘이 되고 어려운 사람에게 위로가 되며 아픈 사람에게 치료제가 될 수 있다면 자신의 사진은 충분한 의미가 있다고 생각하게 됐다.

★ 사진에서 가장 중요한 것은 '누군가에게 메시지가 전달되느냐.'는 것. 사진이 쉽든 어렵든 서로 공감하고 나눌 수 없다면 그건 죽은 사진일 뿐이라고 저자는 말한다. 사진은 예술이기 이전에 우선 소통 되어야 한다는 것.

★ 저자는 모델이 아니라 친구를 찍는다. 먼저 카메라를 들이대는 게 아니라 친구가 되려고 노력한다. 저자는 어린아이들과 친해지기 위해 풍선 아트를 배웠다. 급하게 사진부터 찍기보다 아이들에게 풍선을 나눠주고 교감을 나누면 아이들에게서 경계심이 없어지고 좋은 사진을 찍을 수 있다.

★ 풍경사진도 마찬가지다. 느낌도 없는데 단지 남에게 보여주기 위한 '인증샷'으로 사진을 찍으면 좋은 작품이 될 수 없다. 내가 먼저 풍경을 즐기고 행복해 해야 한다. 풍경을 존중해주고 풍경과 친해져서 자연과 교감하면 자연은 작가에게 가장 아름다운 것을 선물해 준다.

★ 사진도 주제를 가지고 깊이 생각하면서 찍어야 한다. 카메라만 메고 무작정 나가서
  는 안 된다. 만일 의자를 찍으려고 정했다면 처음에는 의자만 보일 것이다. 그러다
  가 시간이 지나면 돌이 보인다. 또 자전거의 안장과 길거리의 박스도 의자로 보인
  다. 아이를 앉혀놓은 엄마의 무릎도 눈에 들어온다. 다양한 의자들이 보이기 시작하
  는 것이다. 결국 진짜 자신의 마음속에 있는 것을 찍을 수 있다. 자신의 철학이 생기
  는 것이다.

★ 사진으로 할 수 있는 일들이 많다. 저자는 교회에서 농촌봉사를 하면서 영정사진을
  찍을 기회가 생겼다. 처음에는 썩 내키지 않는 일이었지만 10년 이상 젊어 보이는
  사진을 보며 기뻐하시는 어르신들의 모습을 통해 뿌듯함을 느끼게 된다. 어르신들
  을 보며 자신은 왜 진작 부모님의 사진을 찍어 드리지 못했을까 후회도 했다. 그래
  서 저자는 강의 때마다 1년에 두 번 이상은 부모님 사진을 꼭 찍어 드리라고 강조한
  다.

★ 지독한 가난과 외로움을 경험했던 저자. 그 경험 덕분에 가난하고 소외된 사람을 동
  정하지 않으며 그들 속에 있는 희망을 카메라로 담는다. 앞으로도 그는
  카메라를 통해 희망을 노래할 것이다.

사진은
내가 살아가는 이유다

　2년 전에 비로소 10년간의 신용불량자 생활을 마무리했다. 그리고 빚
독촉에 시달리기는 게 힘들어서 말소시켰던 주민등록도 다시 살렸다. 신
미식이라는 이름으로 새로운 주소를 가지게 된 것이다. 보통 사람들에겐
너무나 당연한 이름과 주민등록, 이런 것들이 나에게는 새삼 감격으로
다가온다. 세상으로 당당하게 다가갈 수 있는 이름 석 자를 얻기 위해 살
아온 시간들이 이 책을 쓰면서 주마등처럼 떠오른다.

　오래전 희망도 없이 걷던 청파동 골목길에서 지금은 희망을 노래하며
살고 있다. 사는 게 버거워 장기를 팔려고 병원을 찾아 건강검진을 받던
그때의 마음을 나는 잊지 않을 것이다. 눈물조차 나지 않던 그때의 참담
한 심정을 어찌 글로 다 표현할 수 있을까? 하지만 나는 이겨내고 있다.
그리고 그것이 지금은 내 사진의 거름이 되었다.

　사진을 시작한 지 20년이라는 세월이 흘렀다. 그래도 나는 아직도 사

진을 잘 모른다. 내 사진은 가슴이 허락한 대로 셔터를 누르는 것이다. 사진에 어떠한 철학을 담은 것도, 예술성을 가미한 것도 아니다. 사진은 나에겐 아직도 너무나 어려운 숙제다. 다만 이제 조금씩 사진이 무엇인지 알아가는 것 같다. 아니, 정확하게 말하면 사진이 왜 좋은지 조금씩 알기 시작했다고 말해야 옳다.

내가 카메라를 내려놓는 순간까지도 나는 사진에 대한 정의를 내릴 수 없을지 모른다. 내가 아는 사진은, 그저 사진을 담는 순간에 가슴이 동시에 움직여야 한다는 사실이다. 내 사진에 예술을 부여하는 것은 너무나 부끄러운 일이다. 나는 예술을 하기 위해서가 아니라 내 안의 감정을 나타내고자 사진을 찍는다. 나는 오늘도 사진을 어떻게 찍어야 하는지 고민하는 아마추어와 같은 마음으로 사진을 찍는다.

가슴에 남는 사진 한 장이 주는 풍족함

나는 여행과는 너무나 어울리지 않는 사람일지 모른다. 해외에 나가면 괴로울 만큼 음식에 대한 거부감이 있고, 길 하나 제대로 묻지 못하는 외국어 실력은 언제나 나를 위축되게 한다. 그리고 지독한 외로움으로 혼자 여행하는 것이 늘 두렵고 힘겨웠다. 그러나 그런 내 외로움은 사람에 대한 연민으로 표현되었다. 그리고 그 연민이 내 사진을 보는 사람들에게도 연결되는 것 같다.

    나는 지금까지 셀 수 없이 많은 곳들을 걸었고 사람들을 만나 사진을 찍었다. 가슴에 남는 사진 한 장을 안고 돌아오면서 느끼는 풍족함은 이루 말할 수 없다. 내가 간직한 많은 사진들은 내 손가락의 숱한 움직임으로 만들어졌다. 그러나 그것을 허락한 것은 결국 내 가슴이었다. 지금까지 걸었던 내 외로운 여행이 다른 사람들의 가슴을 만져줄 수 있다면 앞으로도 계속 새로운 길을 떠날 것이다. 그리고 사진쟁이로서 살아갈 것이다. 사진은 곧 내가 살아가는 이유이기 때문에.

이 책이
자신이 걷고 있는 길에서
어려움과 난관에 부딪혀 머뭇거리고 있는 사람들에게
큰 도전의 계기가 되길 바랍니다

행복한 성공자를 위한 출판-
비전과리더십